もふもふですよ、もふもふ！
ふわふわの、もこもこです！

「弱すぎますわ、
ここのハンター達！」
「しいい〜っ!!」
オリアーナ

18
私、能力は平均値でって言ったよね！
God bless me?

## ハンターパーティ『ワンダースリー』

強気な少女ハンター。
攻撃魔法が得意。

貴族の娘。アデルの友人で、
「ワンダースリー」のリーダー。

商人の娘。「ワンダースリー」の
一人で、マルセラとは幼なじみ。

頭が良く「ワンダースリー」の
参謀格。マルセラに恩がある。

## 【日本】

### 栗原海里

くりはら みさと

高校生。小さな少女を救い、
異世界へと転生した。

## ハンターパーティ『赤き誓い』

異世界で“平均的”な
能力を与えられた少女。

剣士。ハンターパーティ
「赤き誓い」のリーダー。

ハンター。治癒魔法使い。
優しい少女だが……

オーブラム
王国
王都
トリスト王国
王都
マーレイン王国
マファン
街
街
王都
ドワーフの村
グレデマール
God bless me?
WORLD MAP

ブランデル王国
ヴァノラーク王国
ティルス王国
「赤き誓い」登録国
辛味亭
宿屋事件の町
アスカムへ向かい反転
アスカム領
侵攻軍
王都
王都
王都
王都シャレイラーズ
マイルのハンター登録の町
マイルの神殿
獣人の村
クロト
帝都
山岳部
アルバーン帝国

## 前巻までのあらすじ

アスカム子爵家長女、アデル・フォン・アスカムは、十歳になったある日、強烈な頭痛と共に全てを思い出した。

自分が以前、栗原海里という名の十八歳の日本人であったこと、幼い少女を助けようとして命を落としたこと、そして、神様に出会ったことを……

出来が良過ぎたために周りの期待が大きすぎ、思うように生きることができなかった海里は、望みを尋ねる神様にお願いした。


『次の人生、能力は平均値でお願いします！』


なのに、何だか話が違うよ？

ナノマシンと話ができるし、人と古竜の平均で魔力が魔法使いの６８００倍!?

初めて通った学園で、幼い少年と王女様を救ったり。

マイルと名乗って入学したハンター養成学校。同級生と結成した少女４人のハンター『赤き誓い』として大活躍！

彼女たちは人々を救い、子供達を救っていく。

ついには先史文明から残されたスロー・ウォーカーの願いに応え、数多くのハンターや人々、エルフ、ドワーフ、獣人、魔族、古竜たちとともに異次元からの強大な侵略者を倒し、この世界を守り切った！

だが、勝利した彼女たちは救世主として祭り上げられてしまい……退屈な日々から逃げ出した彼女たちは、古竜に乗って新大陸へ！

マイルたち『赤き誓い』の新たな冒険の日々が始まる!!

*God bless me?*

CONTENTS

第百二十六章　収納魔法……014
第百二十七章　ランク……031
第百二十八章　塩漬けの依頼……054
第百二十九章　約　定……128
第百三十章　その頃……174
第百三十一章　商人の少女……228
書き下ろし　程良い塩梅……280

# 第百二十六章　収納魔法

「どうしましょうか……」

　この辺りの魔物が強いのは、身体能力ではなく頭の良さが原因。

　独自の調査の結果、そういう結論に達した『赤き誓い』であるが……。

「ギルドマスターには、言っても無駄ですよねぇ。ここの人達にとっては、あれが普通なのでしょうから、『角ウサギに嵌められた！』とか『オークやオーガが二人一組で！』とか言っても、それがどうした、って言われるだけでしょうね……」

「「…………」」

「ああ、それが普通なのだろうからねぇ……。それだと、異常だとは認識されないよね……」

　マイルとメーヴィスの指摘に、黙り込むレーナとポーリン。

「でも、どうしてですか？　なぜこの辺りの魔物はあんなに頭がいいのでしょうか。

　それと、いつからいつから、そうなのか……」

「「「…………」」」

ポーリンの疑問に、誰も答えることができなかった。

そして、マイルがポツリと……。

「大昔に異次元世界からやってきた魔物が世界中に広がり、ヌルいこっちの世界で退化し弱体化したらしい、というのは想像が付きますし、事実、旧大陸の魔物と今回侵攻してきた魔物とは、身体的な能力がはっきりと異なっていました。

……そして、知能はあまり変わりませんでした。

逆に、ヒト種との戦いがあるこっちの世界の魔物の方が、少し知恵を付けているくらいですよね。

ですから、新大陸の魔物が昔の能力を維持している、というのはないと思います。

なので、考えられるのは……」

「こっちに来てから頭が良くなった、ってことね？」

さすがレーナ、理解が早い。

「そして、それはそんなに大昔のことじゃない、と……」

「え？　どうしてそんなことが分かるのですか？」

ポーリンの疑問には、メーヴィスが答えた。

「そんなに昔から魔物の頭が良ければ、この大陸のヒト種はとっくに滅びているか、魔物が少ない地域で細々（ほそぼそ）と生き延びているだけだろうからさ」

「あ、なる程……」

そう、いくら人間の頭脳には遥かに及ばなくとも、少し頭が良い魔物がたくさん生息していたら、ヒト種は魔物に押され、この大陸での支配権を失っていたであろう。

大きく、強靱な身体。

強大なパワー。

優れた体力。

強い繁殖力。

そして、中には魔法を使う個体も存在する。

そんな魔物達相手に旧大陸でヒト種が優位に立てているのは、魔物が馬鹿で協調性がないおかげなのである。

なので、ほんの少しでも魔物達が知恵を付けたら……。

「そして、それは急に起きたことじゃないですよね」

「ああ……」

マイルとメーヴィスが言う通り、もしそれが急に起きたことであれば、当然ながら大騒ぎになったはずであり、そのことがギルドマスターから語られないはずがなかった。

なので、つまりそれは、何十年、何百年という年月をかけて徐々に進み、誰もその変化に気付かなかったということであろう。

そして今もなお、魔物達は少しずつ頭が良くなっているという可能性が……。

「「「…………」」」

それに気付いたのか、深刻そうな顔で黙り込む４人。

「……でもまぁ、そう心配することはないですよ！

今まで何とかやってきたのですから、これからも数年や数十年でどうこう、ということはないですよね。

それに、魔物が進化し頭が良くなっても、私達ヒト種もまた、進化し頭が良くなりますからね。

今よりも高性能で優れた武器防具、強固な防壁、そして人口が増えて、ヒト種が魔物を圧倒できるようになりますよ！」

「そうだね。私達はそれを……、未来のヒト種を信じて、今を精一杯生きればいいんじゃないかな」

「……そう言われれば、そうよねぇ。別に、私達が何でもかんでも気にしなくても、それはこの大陸や世界中の、そして未来のヒト種全体に任せりゃいいのよね。私達は、そのうちのひとりとして、自分達が為すべきことだけやってりゃいいのよね。

それに、私達にどうこうできるようなことじゃないし……」

「はい。とりあえずは、当初の予定通り、のんびり行きましょう！」

「「「おおっ！」」」

以前であれば、もっと青臭いことを言ったかもしれない。

しかし今の『赤き誓い』の4人は、半年間に亘る貴族教育を受け、そして自分が護らねばならない領地と領民を持つ身であった。

……現在は、ちゃんと代官に任せているので、決して放置しているわけではない。（と、皆は考えている。）

なので、自分にできることとできないこと、領主レベルではなく国王陛下に委ねるべきこと、諦めて受け入れるしかないこと等を、ちゃんと理解できるようになっている。

つまり、『成長した』ということである。

そういうわけで、魔物の強さについては、一旦保留にすることにした、『赤き誓い』一同。

「……それと、のんびりやるのはいいのですけど、やはりFランクというのは、ちょっと……。それじゃあ、常時依頼で勝手に狩るのはともかく、通常依頼として討伐系を受けるのは不可能ですよね？　勿論、護衛依頼なんて論外です。

ということは、遠出する時に護衛依頼を受けて移動と稼ぎを同時に、とか、襲われた時には助力するという条件で無料で馬車に乗せてもらって、とかいうのが……」

「できないですね……。そしてそれだと、王都を目指すのに、全部歩きか、お金を払って乗合馬車に乗るしか……」

「「「…………」」」

みんな、そんなにお金には困っていないくせに、お金を払って馬車に乗る、ということに、強い抵抗を感じていた。

……そう、今まで馬車は『護衛依頼を受け、お金を貰って乗る』というものであったため、理性では『お金を払って乗ればいいじゃないか』と思っていても、なぜか素直に納得できないのである。人間、誰しもそういうものである。

「……何か、いい方法を考えましょう。それまでは、しばらくここに滞在する、ということで……」

ポーリンの提案に、こくこくと頷くレーナ達であった。

「……あ！」

「な、何よ、急に……」

突然声を上げたマイルに驚かされて、少々不機嫌になったレーナ。

しかし、それに続くマイルの言葉に固まった。

「レーナさんとポーリンさんの、収納魔法の適性確認をするのを忘れていました……」

「「あ!!」」

今度は、レーナとポーリンが声を上げた。

「そ、そんな超重要なことを忘れていたなんて……。あああああ、商人失格です！」

「ボケてたわ……。ハンターにとって、収納魔法を会得(えとく)することがどれだけ大きな事か、あれだけ身に染みて分かっていたというのに、一番に確認すべきそのことを忘れるなんて……」

自分で自分が信じられない、というような顔の、ポーリンとレーナ。

「し、仕方ないですよ。新天地にやってきてからバタバタしていましたし、立て続けに色々なことがありましたから……。

とりあえず、明日にでも確認しましょう。

いくら収納魔法とはいえ、宿の中で魔法の実験をするのは危険ですから……」

それは正論であるため、ポーリンとレーナも、渋々頷いた。

本当は、今すぐにでも試したかったのであろう。

しかし、亜空間を制御するという高位魔法を失敗した時に何が起こるか分からない。

ふたりは優れた魔術師であるからこそ、マイルの指摘に反論することができなかったのであろう。

「そんな顔をしないでくださいよ！　怖いですよっ！

とにかく、明日、近くの森に行って確認作業をしましょうよ」

「「…………」」

レーナとポーリンは、明日のことを考えると、今夜はとても眠れそうになかった。

＊　　＊

「うぬぬぬ……」

「ぐぬぬぬ……」

　翌日、港町の近くにある初心者ハンター御用達の森の中で、かなり苦戦している様子のレーナとポーリン。

　以前マイルが収納魔法を教えた時には、ポーリンが一応亜空間を形成することには成功したものの、その容量は僅かであり、そしてごく短時間しか維持できなかった。

　レーナに至っては、亜空間を形成することすらできなかったのである。

　なので、レーナはまず亜空間の形成訓練を。そしてポーリンは形成した亜空間に小石を入れて、もっと長時間に亘り安定して維持できるよう、マイルがポーリンの気を散らせるべく話し掛けたり、難しい問題を解かせたり、くすぐったりしている。

　……だが、なかなか成果は上がっていなかった。

「レーナさん、いつも私が収納から出し入れしているのを見てるじゃないですか！　あれをイメージして、こう、空間に時空連続体の裂け目を作って、それをグイッと押し広げるような感じで……。そして、そこに倉庫と棚を作るように……。ほら、アレですよ、『心に棚を作れ！』ってヤツ……」

「最後ので、イメージが遠のいたわよっ！」

　そう言って、むくれるレーナ。

時空連続体というのが何かということも知らないレーナにとって、マイルの説明はあまりにも具体性を欠いていた。

アレである。『頭が良い者は、教師には向いていない』というやつ……。

物事をすぐ理解できる者には、理解できず躓（つまず）く者のことが理解できないのである。何が分からないのか、どうして理解できないのかということが……。

「ポーリンさんは、亜空間の形成には成功しているんですよね……。

あとは、容量を増やすことと、何があっても亜空間を崩さずに維持し続けることができれば……。

動揺しようが、他のことに気を取られようが、……そして、眠ろうが……。

ほれ、こちょこちょこちょ……」

そう言いながら、ポーリンをくすぐるマイル。

「う、うぐ、あうっ、くうぅっ……、あひゃあああぁっ!!」

ポーリンの前方に、たくさんの小石が吐き出された。……何もない空間から……。

「何もしなければ、以前よりは少し維持できる時間が延びましたけど……。気が散るとすぐに崩れちゃうのは、変わりませんねぇ……。

これじゃあ、収納魔法使いのタマゴであって、まだヒヨコの域には達していません。

……勿論、到底一人前の収納魔法使いを名乗れるようなレベルじゃありません。

レーナさんは、亜空間が形成できるまでは、タマゴですらありません」

「「ぐぅっ……」」

悔しそうな顔で、呻き声を出すレーナとポーリン。

収納魔法の会得は、ハンターとしての活動に途轍もないメリットがある。

勿論、商人にとっても……。

なので、少々のことで諦められるようなものではない。レーナとポーリンが、顔を真っ赤にして唸り続けるのも無理はないであろう。

「これくらいのことで、諦めたりしないわよ！　私が今まで、魔法の腕を磨くのにどれだけ苦労し、どれだけ努力したと思ってるのよ！　収納魔法が使えるコーチに付きっきりで教えてもらえるこんなチャンスを、無駄にするものですか!!」

「その通りです！　ハンターとして、そして商人として、夢であり憧れである収納魔法！　こんな機会を逃すようでは、一流商人の資格がありませんよっ！　私は、血反吐を吐いてでも、諦めず食らい付きますすよ!!」

そう言って、気を吐くレーナとポーリン。

おそらく、収納魔法が使えるようになるまで、何日でも訓練を続けるつもりに違いない……。

「……大変そうだけど、ふたりとも、頑張れ！」

そして、ひとり部外者のような顔をしている、メーヴィス。

メーヴィスは魔法が使えないということになっているため、収納魔法の訓練には参加していない。

魔法の天才であるレーナと、収納魔法を身に付けられるなら悪魔に魂を売っても構わないと、鬼気迫る表情でそう断言したポーリンでさえ、あれだけ苦戦しているのである。魔法を使えないメーヴィスが、自分の出番ではない、と考えるのも当然であった。

「収納魔法か……。あると便利だよねぇ……。

私達剣士は、魔術師と違って武器や防具が重くて嵩張(かさば)るし、荷物になるからねぇ……。

飲み水の消費量も多いし、そこに更に他の装備品や獲物を担ぐとなると、大変なんだよねぇ……。

みんなと一緒の時には水の心配はないけれど、万一の場合に『水は持っていません』ってわけにはいかないし……。

魔術師より多少体力があっても、そんなの相殺(そうさい)されて、更にマイナスだよ……」

魔術師組に較(くら)べマイルの指導による恩恵が少ないメーヴィス、少しやさぐれ気味である。

「せめて、予備の剣とかが収納できればなぁ。マイルのフカシ話に出てくるやつみたいに……。

こう、……左腕(からだ)は機械(てつ)でできている……」

そして、何気なく腰に佩(は)いた剣を抜き、すっと虚空に突き出すメーヴィス。

するん……

剣が消えた。虚空に、吸い込まれるように……。

「……え？」

大切な愛剣が、消えた……。

大事（おおごと）である。

「あわわわわ！　剣！　剣、戻ってきてええぇ〜〜!!」

しゅるん
……戻ってきた。

「…………」

再び姿を現した愛剣を握り、呆然とするメーヴィス。

そして……。

「「「……」」」

「「「…………」」」

「「「……………」」」

**「「「何じゃ、そりゃあああああ〜〜!!」」」**

レーナ、ポーリン、マイル、絶叫。

まさかの、メーヴィス、収納魔法の会得であった……。

＊　　＊

その後の検証作業により、メーヴィスが完全に収納魔法を会得しており、全く意識していなくても亜空間が保持されることが確認された。

……そう、別のことを考えていようが、眠ろうが、収納魔法が維持され続けたのである。

容量も、かなり多い。

（……確かに、メーヴィスさんには魔法の才能がありました。

オースティン一族の遺伝特性として、体外に魔法を放出することはできませんでしたけど、身体強化魔法や、剣を補助具にすることによるウィンド・エッジの会得。そして自分で考え出した、他者に対する口移し治癒、炎の攻撃魔法『余が炎の化身である（ヨファイヤー）』、メーヴィス円環結界（リング）等、柔軟な思考力、強い信念と精神力を示していました。

それに、私が話したにほんフカシ話から、名剣、神剣等に対する憧れと想像力によりアレの存在を強くイメージし、そしてそれが『ある』と信じ込んだ……。

……そう、『固有結界（無限の剣製）』の存在を……。

メーヴィスさんは、特殊な処置をした媒体（愛剣）がないと体外に魔法を放出……ナノマシンに指示するための精神波を発振……することができないけれど、亜空間を開くのは、別に周囲にいるたくさんのナノマシンによる大威力の魔法行使が必要だというわけじゃない。体内にある僅かなナノマシンだけでも充分可能なんだ……。

攻撃魔法とは違い、収納魔法は威力ではなく、イメージと『信じる心』が重要だったのか……。

あ、それに、今のメーヴィスさんには剣２本の整備担当ナノマシンさんと、左腕担当のナノマシンさんがいる。専属ナノマシンさんなら、メーヴィスさんの思念をより正確に、より長時間に亘って反映させられるのかも……）

　マイルが考え込んでいる隣では、レーナとポーリンが、真っ白に燃え尽きていた……。

　それも無理はないであろう。

　実力に自信がある自分達になかなか会得できない収納魔法を、剣士であり、しかも魔法が使えないはずのメーヴィスが、何の努力もなく、あっさりと会得した。

　……それは、信じられない、いや、信じたくない悪夢であろう……。

「レーナさん？　ポーリンさん？

……駄目です、ただの屍(しかばね)のようだ……」

「……あの、その、……何か、ごめん……」

＊　　＊

　さすがに、マイルのようななんちゃって収納魔法(アイテムボックス)ではないため、容量無限とか、内部の時間停止機能とかはない。ただの、普通の収納魔法である。

　容量は、おそらく6畳間程度であろう……。

「充分よっ！」

「ふざけんなっ!!」

ようやく再起動したレーナとポーリンが、それを聞いて、半泣きで怒鳴りつけた。

「……いや、ごめん。本っっ当に、ごめん！」

「謝るなッ！　私達が余計惨めになるでしょうがっっ！」

確かに、その通りであろう。

困ったような顔で、マイルに助けを求めるメーヴィス。

……しかし、表情は困り顔であるが、その眼は、喜びに輝いていた。

これで、水や食料、野営道具、予備の武器防具、そして狩った獲物を大量に運べる。

将来、『赤き誓い』が解散した後も、領主としての仕事の合間にソロで、そして時たまどこかのパーティに臨時加入させてもらって、寝具や料理道具や食材等をたくさん持ち運べる『楽ちんハンター』として活動できる。

また、領主としても、災害発生時とかには馬車が通れないところにも大量の支援物資を運ぶことができ、多くの人々の役に立てる。

「くふ。くふふふふ……」

思わず喜びの声が漏れるのも、仕方あるまい。

……仕方ないのであるが……。

「「…………………」」

レーナとポーリンが、その背後で、悪鬼のような形相でメーヴィスを睨み付けているのであった……。

# 第百二十七章　　ランク

「では、次に、ランクの件について考えましょう！」

「「…………」」

結局、レーナは亜空間を開くことには成功したものの、容量はバケツ2～3杯程度に過ぎず、しかもマイルが少し話し掛けただけで魔法が崩れ、中身が全てその場に放り出される始末。

……とても『収納魔法の使い手』を名乗れるようなものではない。

というか、この程度の未熟者ならば、まともな収納魔法の使い手の何十倍、何百倍もいる。

勿論、何の役にも立たない。

とは言え、数百万人の中の数百人には入っているわけであり、努力を続ければ一人前になれる可能性は充分にある。

ポーリンは、少し維持時間が延びたものの、やはり他のことに意識が向くと崩れてしまう。

抜け荷で、関所を通過する間の、ほんの僅かな時間だけ維持するのが精一杯である。

……マイルがそう言うと、ポーリンは『やりませんよっ、抜け荷なんか！』と言っていたが、誰もその言葉を信じてはいなかった。

「さすがに、Ｆランクのままでは通常依頼や護衛依頼の受注に支障が……、って、いい加減にしてくださいよっ！」

ふて腐れたレーナとポーリンに、さすがのマイルも怒りの声を上げた。

「仕方ないでしょうが！　……いえ、期待させた私も悪かったですけど……」

マイルは、ふたりの魔法の才能を高く評価していたし、おまけに普通の人間の中には殆どいない、権限レベル２となったのである。

あの古竜の大半と同じ、権限レベル２！

それは、権限レベル１の普通の人間の中にも使い手がいる収納魔法くらい簡単に使えるようになると思っても仕方ないであろう。

同じ権限レベルが２である、あのケラゴンも収納魔法を使えることは、竜の宝玉（ドラゴンボール）や色々なものを出し入れしているところを何度も見ているため、知っている。

ならば、自分がコーチすれば、このふたりであれば簡単に収納魔法を会得できるはず。

……マイルがそう考えるのも、無理はないであろう。

なのに、その思惑が完全に外れ、そして思いもせぬメーヴィス（ダークホース）の登場である。

（でも、メーヴィスさんの収納に野営に必要なものを入れておけば、私が長期間に亘り別行動を取っても、みんなの活動に支障はない。

私のアイテムボックスと違い時間停止機能はないから、採取物や狩った獲物、食料等の保管日数には注意しなきゃならないけれど、6畳間の広さというのは、相当なものだ。小さくて軽いものにすれば、浴槽や便器、折り畳み式の簡易ベッドとかであれば、充分収納できる……）

マイルは、収納魔法の振りをしてアイテムボックスを使ったり、本当に収納魔法の方に入れたりと、両方を使い分けている。

そして実はマイルも、収納魔法自体はそんなに馬鹿げた容量……東京ドーム数個分とか……があるわけではない。なので、大きいもの、冷めたり傷(いた)んだり劣化したりするもの、滅多に使わないもの等は全てアイテムボックスの方に入れて、収納魔法の方には一部のものしか入れていない。

いくらマイルでも、常に魔力的な負担がある通常の収納魔法に、そう無駄なものをたくさん入れておきたいわけではないので……。

なので、マイルから見ても、メーヴィスの収納魔法の容量は充分広いと思えた。

事実、旧大陸においては国で1～2を争う大容量であろう。……マイルを除けば。

（……しかし、メーヴィスさんは、どれだけ凄いんだろう……。

私みたいな『なんちゃって貴族』ではなく、由緒正しい伯爵家の生粋(きっすい)のお嬢様だし、剣技に優れ、ウィンド・エッジやメーヴィス円環(リング)結界を使う魔法剣士であり、口移し治癒を使いこなし、騎士道精神に満ち、……そして正義と真実の使徒であり、オマケにカッコいいことが大好きで、厨二病(ロマン)に溢れている……。

こんな好物件、ちょっとないですよ！

……ああ、メーヴィスさんが男性だったらなぁ……）

まだ、『メーヴィスさん』でさえあれば性別などどうでもいい、と考えるほどには達観していない、マイルであった……。


「いやいや、今はランクの話ですよっ！」

頭をぶんぶんと振って、思考をリセットするマイル。

「ここのハンターギルドには、スキップ申請という制度はありませんでした。

……でも、規約をよく調べてみると、もうひとつ、ない制度があるんですよね……」

マイルの振りに、え、という顔のレーナ達。

「気が付いたんですよね、私……。ここのギルド規約には、ランクの昇格条件に、『前ランクにおける、最低限の経過年数』という項目がないことに……」

「「「えええええっ!!」」」

驚きの声を上げる、レーナ達３人。

それも無理はない。

それが意味するところは、『難度の高い依頼や、高額の採取依頼を大量にこなせば、さっさと昇格できる』ということなのである。

旧大陸において、実力や功績ポイントではとっくにBランク相当でありながら、『赤き誓い』がずっとCランクのままであった理由である、『前ランクにおける、最低限の経過年数』という縛り。

……それが、ここにはない。

旧大陸においても、今はその縛りはなくなっているが……。

「……チョロいわね」

「……チョロいですね」

「……チョロ過ぎないかい？」

「……チョロいです……」

「「「「……我ら、魂で結ばれし4人の仲間、……『赤きチョロい』!!」」」」

「……いや！　いやいやいやいやいやいや!!

何言ってるんですか、皆さん！」

そう言って、皆を窘める（たしな）マイルであるが……。

「アンタも言ってたじゃないの、ノリノリで……」

「ううっ……」

レーナにそう指摘され、轟沈（ごうちん）したのであった。

＊　＊

「買い取り、お願いしま～す！」

「おぅ、そこに出してくんな！」

どばどばどばどばどば～～!!

マイルの収納（アイテムボックス）から換金窓口前の床にぶちまけられた、大量のオーク、オーガ、角ウサギその他の魔物の死体と、高く売れる採取物の数々。

「な、何じゃ、こりゃあああああ～～!!」

買い取り担当のおっさんの叫び声に、ギルド中の視線が集中した。

まだFランクであるため、魔物の討伐依頼は角ウサギくらいしか受けられない。

なので、通常依頼ではなく、事前の受注の必要がない、素材売却のみの常時依頼でお金と功績ポイントを稼ぐことにした『赤き誓い』であった。

とりあえず、これを続けてDランクになれば、一応の通常依頼は受注できるようになる。

……但し、いくら受注が可能とはいえ、Dランクのパーティを単独で護衛に雇う者はいないし、条件が厳しい依頼は受けられない。

ならばどうするか？

そう、それまでに名前を売って、Dランクであっても受けさせてもらえるように、そして指名依頼が来るようにすれば良いのであった。

　そのためには……。

＊　　＊

「買い取り、お願いしま～す！」

　どばどばどばどば～～!!

＊　　＊

「買い取り、お願いしま～す！」

　どばどばどばどば～～!!

＊　　＊

「買い取り、お願いしま～す！」

　どばどばどばどば～～!!

そして連日、『赤き誓い』による大量の魔物や採取物の納入が続いたのであった……。

＊　＊

「おい、アイツら、何とかしろ！」

「いや、何とか、と言われても……」

　買い取り担当のおっさんに怒鳴り込まれ、困惑した様子のギルドマスター。

「いくら何でも、角ウサギ、オーク、オーガ、そして薬草の納入量が多過ぎる！　増えている魔物の間引きとしてはありがたいが、肉や毛皮、その他の素材類の価格が暴落してやがるんだよ！

　値が下がっても取り扱い量が増えているから、ギルドの利益としては問題ねぇが、給金が変わらねぇのに仕事量が激増した解体場の連中にとっちゃあ、堪ったもんじゃねぇよ！

　……でもまぁ、それでも、解体場の連中はまだ、収入が減るわけじゃねぇからいい。

　しかし、魔物の素材や採取物が値崩れしたため、中堅以下のハンターの稼ぎが激減してんだよ！

　ただでさえハンターを辞めちまう者が多いっていうのに、どうすんだよ、え？　どうすんだよ！」

「うっ……」

　薄々、気付いてはいた。

　しかし、遠くの国からわざわざ来てくれた、大容量の収納持ちを含む実力派の美少女パーティに、『獲り過ぎだから、今週はもう仕事をするな』とは言えない。向こうも生活がかかっているのだし、ギルドにはハンターに対してそのような命令をする権限はない。

「問題は、それだけじゃねぇ。この異常な狩り方が続けば、いくら繁殖力が強い魔物とはいえ、角ウサギ以外は繁殖数より狩られる数の方が上回って、このあたりの個体数が減少するぞ。

　そうなれば……」

「そうなれば？」

「獲物の数が一定量を割り込んで稼ぎが少なくなれば、あの連中は他の地域へと移動する。そしてあとに残されるのは、それ以前に稼ぎが激減したため多くのハンターが廃業し、僅かな人数しか残っていないハンターギルド支部だ。そして……」

「まだあるのかよ！」

　もう、充分に『悪い話』は聞いた。

　なのに、まだ話を続ける買い取り担当のおっさんに、げんなりした顔のギルドマスター。

「連中がいなくなれば、魔物の数が増え始める。

　僅かな人数のハンターしか残っていない、この町の周囲で、な……」

「……」

「…………」

「「…………………」」

「どうすんだよ！」

怒鳴る、ギルドマスター。

「いや、それは俺の台詞だよ!!」

そして、そう怒鳴り返す、買い取り担当のおっさん。

「「…………」」

「ランクを上げろ……」

「え？」

買い取り担当のおっさんの言葉に、きょとんとした顔のギルドマスター。

「ランクを上げるんだよ、あの連中の！

アイツらが毎日大量の獲物や採取物を持ち込むのは、アイツらがハンターとしての最低ランクである、Ｆランクだからだ。

Ｆランクだと、通常依頼は薬草採取か角ウサギ狩りくらいしか受けられねぇ。

腕に覚えがある連中が、そんな初心者用の安い仕事を受けるわけがねぇだろうが！

だから、通常依頼は受けずに、肉や素材で稼げる常時依頼しかやらねぇんだよ、あの連中！

ランクを上げて、護衛依頼やら大物狩りやら、難易度がメチャ高い『不可能な任務（ミッション・インポッシブル）』とかが受けられるようにしてやりゃあ、若い奴らのことだ、そっちに飛び付くだろう」

「あ、なる程！」

「なる程、じゃねーわ、この馬鹿！　そういうのは、お前が考えて、とっくに会議で検討しておかなきゃなんねぇことだろうが！　ええ？」

「………すまん……。責任は取るつもりだ」

「で、ギルマスとしてはかなりリスクが高いが、ギルマス権限特例措置のA－3、『多数の人命に関わる場合における、ギルマス権限の行使』を使うつもりか？　あれなら、2ランク特進で、Fランクの奴らをDランクに上げられるだろ？」

買い取り担当のおっさんの言葉に、ギルマスは首を横に振った。

「いや、特例措置A－2を使って、一気にCランクに、3ランクの特進をさせるつもりだ。Dランクだと、アイツらだけで受注できる依頼が限られる。護衛とかはアイツらのことをよく知らない商隊は雇わないから、他の町から来た商隊はまずダメだろう。だから、一気にCランクに上げる」

「なっ……。特例措置A－2は、『町の存続に関わる危機の場合に発動が許されている権限』だろうが！

お前、そんなことをして、もし王都のギルマス会議で不適切行為と判定されたら、お前の立場が……」

その言葉に、ギルマスはほんの少し、笑みを浮かべた。

「俺は馬鹿だが、ギルマスとしての責任と義務くらいは弁(わきま)えているつもりだ……」

「お、お前……」


後に、王都でのギルマス会議においてこの判断が絶賛され、ギルマスランクが上がることになろうとは、この時のふたりには知る由(よし)もなかった。

それは、別におかしなことではない。

もし、町を守るために自分が全てを失う覚悟で行動した者が、処罰されたなら。

以後、自らが危険を冒してでも町のために行動しようとするギルマスが激減する。

これは、多少のことには目をつむってでも、称賛するしかないのであった。

それも、論理的に正しい行為であり、だれも損をしていないのであれば、特に……。

＊　＊

「ええっ！　私達が、昇格？」

「やった！　頑張ってたくさんの魔物狩りと素材採取に努めた甲斐があったよ！」

「計画通りです！」

　皆の声に、うんうんと頷くマイル。

「これで、ようやくEランクですね。もっと頑張ってDランクになれば、制限付きとはいえ討伐依頼が受けられますし、他のパーティと合同であれば、護衛依頼も受けられなくはありませんよ！

あとは、それと併行して、どんどん素材の納入を頑張れば……」

　嬉しそうにそう言うマイルであるが……。

（これ以上、狩りや素材採取で頑張られて堪るか!!）

　自室に『赤き誓い』を呼び付けて昇格を伝えたギルマスは、心の中で毒づいた。

　そして……。

「いや、昇格するのはEランクではない、Cランクだ」

「「「「えええええ!!」」」」

　ギルマスの言葉に驚愕する4人であるが……。

（それって、メラゾーマではない、メラだ、みたいなやつ？）

　相変わらず、マイルは何だかワケの分からないことを考えていた。

「ど、どどど、どういうことよ！」

「さ、ささささ、さすがにそれは無理があるのでは……」

「な、ななな、何か裏が……」

「わ、わわわわ、罠ですよっ！　そうに違いありません!!」

旧大陸ではCランクハンターとして活動し、その後Sランクになった『赤き誓い』であるが、いくら経験があるCランクとはいえ、さすがに3ランク特進というのには驚き、動揺した。

旧大陸のスキップ制度は、まだいい。

あれは、引退した元ハンターが復帰するとか、兵士や傭兵、失脚した元宮廷魔術師とかの、『元々すごく強い者達』を主対象とした制度であり、そこに『とんでもなく才能がある新人』が便乗させてもらうというものである。

なので、いきなりD～Cランクで登録されても、おかしなことではない。

……しかし、スキップ制度がないここで、いくら対人戦闘能力を少々示したり、常時依頼でオークやオーガを大量に狩ってきたからといって、未成年者を含む10代の女性パーティが、いきなり3ランク特進はない。

いくら早期昇格を狙っていたとはいえ、さすがに、みんなが疑うのも無理はなかった。

「……いったい、何を企んでいるのよ！」

「まさか、無理矢理Cランクに上げておいて、ギルドの緊急強制召集の対象にして、地元のハンターにはやらせたくない危険な指名依頼を……」

「「それだっ!!」」

「違うわっっっ!!　お前らが狩りすぎるから、魔物や採取物の買い取り価格が暴落して、他のハンターの生活が苦しくなっとるんだ！　だから、お前達に狩りや素材採取以外の仕事をさせるために、俺がクビを覚悟で強権を発動して、特例措置を適用したんだよ、この、クソガキ共があぁああぁっっ!!」

「……」

「「…………」」

「「「……………」」」

「「「「ごめんなさい……」」」」

さすがに『赤き誓い』の面々も、自分達が悪かったと思ったようである。

おそらく家族持ちであろう年齢のギルマスに職を賭した無茶をさせ、そして大勢の地元のハンター達に迷惑を掛けた。

なので、素直に謝罪した『赤き誓い』であるが……。

「でも、通常依頼だけじゃあ、そんなに稼げないわよね……」

「通常依頼だと、報酬額は依頼者次第ですからね。

子供の小遣い稼ぎみたいなのだと、一日あたり銀貨1～2枚。駆け出しのF～Eランクの仕事だと、銀貨4～5枚。そう危険じゃないCランクの仕事で、銀貨6～7枚から、小金貨1枚ちょい。

……そして、危険な魔物や盗賊相手の護衛任務で、ひとり一日あたり小金貨2～3枚。

まあ、襲撃がほぼ確実な護衛依頼とか、相手が盗賊ではなくプロの傭兵、兵士崩れとかだと、条件次第で青天井ですけど……」

「Cランクになると、さすがにEランク以下の仕事は受けられないけどね……。

とにかく、護衛依頼や依頼料が高い仕事がそう毎日あるわけじゃないし、条件のいい依頼は奪い合いになるだろうから、ここでは新米の私達がたくさん受注することはできないし、たとえそれが可能であっても、そんなことはしちゃ駄目だからね。他のハンター達にまた迷惑をかけることになっちゃうから……」

レーナ、ポーリン、そしてメーヴィスの言葉に、うんうんと頷くマイル。

「ならば、私達が選ぶ、問題の解決方法は……」

「「「「この町を出て、王都かもっと規模の大きな町へ移動する!!」」」」

「どうしてそんな結論になるんだよっ!!」

4人が出した答えに、悲痛な叫びを上げるギルドマスターであった……。

あまり大量に魔物を狩り続けられては困る。

しかし、常識的な量まではある程度狩っても問題はないし、それは危険な魔物の間引きという点でも、そして獲物を買い取るギルドの儲けという点でも、歓迎すべきことである。

また、ギルドの収入源として、そして万一の時には支援物資の輸送や避難民への支援要員として、『赤き誓い』はどうしてもこの町で確保しておきたい。

それに、もし他の町に移動されたりすれば、『赤き誓い』の常識外れの納入量のことを絶対に信じないであろう他の町のハンターやギルド職員達から、『金蔓(かねづる)、かつ万一の時に役立つ大容量収納持ちに逃げられた、馬鹿ギルド支部』として笑いものになることが確実であった。

……『赤き誓い』が住み着いた町のギルド支部は、ほんの数日で真実を知ることになるであろうが……。

「どこの町へ移動しようが、同じだ！　……まぁ、王都かそれに準ずる大きな町なら、10日くらいは保(も)つかもしれんがな……」

「「「「…………」」」」

ギルドマスターの言葉に、黙り込む4人。

そして……。

「「「「知ってた……」」」」

明らかに負け惜しみの、4人の呟きが漏れた。

「オークとオーガは一日3頭。ゴブリンとコボルトは、それぞれ一日30頭までだ。薬草は制限なし。……とは言っても、根絶やしにするような真似は絶対に駄目だぞ！　それならば、常時依頼を続けてもらっても構わない。

そして、通常依頼は、同時にたくさん受けるのはやめてくれ。

……但し、受注者がいなくて塩漬けになっている依頼や、『赤い依頼』は、いくら受けてくれても構わない」

オークとオーガは、間引きのための討伐報酬もあるが、いい稼ぎになる理由は、その肉や皮、角や牙などの素材価値による。

なので、価格が暴落すると大勢が困るのである。

特に、そうなると重い肉を持ち帰る者が激減するし、血の臭いで他の魔物が寄ってくる危険を冒して現地で解体したり皮を剥ぐ者もいなくなる。

ギルドマスターが『赤き誓い』に数量制限を課する気持ちは分かる。

しかし、売れる素材がないため討伐報酬だけとなるゴブリンや、皮を鞣(なめ)せば王都や他の町へ出荷できるコボルトは、多少多くても構わないし、間引き効果の方を重視すべきであった。

それに、『赤き誓い』は自分達でコボルトの皮剥ぎをするのは嫌であるらしく、いつも丸ごと納入するため、その分の作業料がギルドに入るのは美味しい。

そして薬草は、薬に加工して出荷すれば、他の町でいくらでも売れる。

化学的、工業的に薬品を作ることができないこの世界では、効果が低くとも、薬草は引っ張りだこなのである。

「「「「…………」」」」

　そしてギルドマスターの言葉に反論することができず、無言の『赤き誓い』であった……。

＊　＊

「まぁ、事実なんだから、仕方ないわよね……」

　ギルド支部からの帰り道、レーナがそう呟いた。

「それに、私達が大量納入をしたのは、さっさとDランクになることと、Dランクでもそこそこの依頼が受けられるように名を売るためだったからね。Cランクになれたなら、私達なら普通にやっていても充分に稼げるから問題ないわよ」

「ああ。今の私達は、昇格やお金が目的ではなく、冒険と人助け、そして困っている依頼人の期待に応えることが目的だからね」

「いえ、お金は大事ですよ！」

「あはは……」

　相変わらずの3人に、苦笑いのマイル。

「とにかく、常時依頼の納入量は、薬草以外は制限されちゃったからね。それは、ある程度まとめて狩っておいて、時間経過がないマイルの収納に入れておき、毎日規定量ずつ納入しましょう。

　でも、あまり一度に狩ると、納入量と実際の魔物の分布数に開きが出て、間引き数を管制している人達に迷惑が掛かるから、そのあたりはやり過ぎないように注意するわよ」

レーナの指示に、こくりと頷くマイル達。

「……そして、通常依頼の中から、面白くて手強そうで楽しい依頼を受けまくるわよ！」

「「「おおっ!!」」」

ハンターになる者には、３つのタイプがあった。

生きるためのお金を稼ぐ者。

成り上がり、身分と立場を手に入れる者。

……そして、心躍る冒険を求め、人助けをするという、活動そのものを楽しむ者達。

今の『赤き誓い』は、明らかに最後のヤツであった……。

＊　　＊

「……で、帰り際に受注してきたのが、これなんだけど……」

宿に戻り、レーナがみんなの前に出した依頼票。そこに書かれているのは……。


『家畜を襲うものの討伐　金貨３枚　ゴルバ村』

　ゴルバ村というのは、ここから内陸側に徒歩5～6時間くらいのところにある、小さな農村らしい。

「まぁ、王都でもない地方の町で、そうそう地竜討伐とかグリフォン退治とかの依頼があるわけないからね。討伐系の通常依頼なら、こんなもんでしょ」

「それはそうだけど……」

「人助けですからね」

　ポーリンが言う通り、この依頼を受けたのはボランティアである。

　貧乏村にとって金貨3枚は大金であろうが、4人パーティならば、ひとり当たり小金貨7・5枚。日本円だと、7万5000円相当にしかならない。

　一見、そう悪くない報酬額に見える。

　……しかし、そこには罠が潜んでいるのである。

　まず、討伐対象である魔物の種類が明確に指定されていない。

　相手は、ゴブリンかもしれないし、コボルトかもしれない。……そして、オークやオーガ、ワイバーン、マンティコア、グリフォンとかである可能性も、ゼロではない。

　そして、討伐数も雇用期間も指定されていない。

　……つまり、何時(いつ)までの期間に、何を何頭討伐すればいいのか分からず、下手をすると『家畜の被害がなくなるまで』とか言われかねないのである。10日、20日、30日経っても、地ネズミに牛の尻尾が齧られた、とかいう些細な被害があるだけでも、ずっと……。

普通であれば、そのような常識のない依頼主はいないが、意図的にこういう文面にしておいて『ちゃんと最後まで依頼を完遂していないから、完了のサインはできない』とか言って支払いを免れようとする悪質な村人とか、悪意なく、本気で『依頼料を払うのだから、全ての魔物を狩り尽くすのが受注者の当然の義務』、『雇った者は、できる限り使い倒して少しでも元を取るべきである』とか考えている村人もいるので、このような曖昧な文面の依頼に手を出すハンターは、まずいない。

なので、この依頼は受注者がいないためボードに貼りっ放しになっていた、いわゆる『塩漬けの依頼』だったのである。

勿論、『赤き誓い』にもそれくらいのことは分かっている。

しかし、ただこういう依頼を出し慣れていないために書き方がよく分からなかっただけで、悪気はなかったという可能性はある。

普通であれば、受付嬢がちゃんとそのあたりを説明して依頼時に書き直させるのであるが、この依頼は行商人が預かって届けただけであるため、仕方なくそのまま受理して貼り出したらしいのだ。

一応、依頼を受けた時に、受付嬢には色々と確認してある。

そして受付嬢もプロなので、『もし依頼した村がおかしなことを言い出した場合には、相手にせず戻るように』と言われている。

もし『赤き誓い』が若い女性ばかりだからとふざけた態度を取られた場合には、ギルドからそれなりの対処がされるのであろう。

以後の、その村からの依頼は全て受理しない。

その村には、ギルドは素材や薬品、その他全てのものの買い取りも販売もしない。

その村の者は、ハンター登録を受け付けない。

別に法的な措置を取らなくても、ギルドを敵に回した小村など、どうにでもできる。

それに気付かず、ふざけた真似をする村がたまに現れるが、実際にギルドが締め付けを行うまでもなく、村長や村の顔役達にそのことを丁寧に説明してやるだけで、大抵は解決する。

なので、大きな問題にはならないはずであった。

そうは言っても、大した稼ぎでもないのに時間を無駄にして嫌な思いをさせられるのは真っ平なので、普通のハンターは、そんな依頼に関わろうとはしないのであるが……。

# 第百二十八章　塩漬けの依頼

「ここが、依頼主の村ね……」

依頼を受けた翌日、早速仕事に取り掛かった『赤き誓い』。

朝早くに出発したため、昼前には目的の村に到着した。

「ああ。依頼は村の名で出されているし、依頼料は村の予算から出るだろうから、村人全員が依頼主だと考えていいだろうね。……勿論、代表者は村長だろうけど……」

「……しかし、港町まで徒歩5〜6時間なら、行商人に頼んだりせずに、村人が直接依頼に行けばよかったのではないのですか？　依頼書だけならばともかく、預託するための依頼料、金貨3枚も預けたのでしょう、その行商人に……。

小さな農村にとって、金貨3枚は結構な金額ですよね？」

今の『赤き誓い』にとっては、金貨3枚、日本での30万円相当は、大した金額ではない。

しかし、食料や消耗品の大半は自給自足である農村にとっては、それだけの現金は決して少ない額ではないだろう。それを、簡単に余所者（よそもの）の手に委（ゆだ）ねるということは、商人の娘……というか、自身が既に一人前の商人であるポーリンにとっては、奇異に思えるらしい。

それに、村にとってかなり重要な依頼を、他人任せにするものであろうか。

ポーリンが疑問に思うのも無理はなかった。

だが、同じく商人……行商人……の娘であるレーナが、それを否定した。

「片道5〜6時間ということは、往復で10〜12時間。食事や休憩の時間を考えると、安全のためには無理をせず、街で1泊すべきよね。

そうなると、大人ひとりの2日分の労働力の損失と、1泊分の宿賃、食費、その他諸々のお金が必要になるわよね。それに、金貨3枚を預けるとなると、信用のある行商人なんでしょ、何年も通い続けてくれている真面目な行商人だとか、その村出身の者だとか……。

別に、不思議でも何でもないわよ」

「そういうものですか……」

ポーリンは、実家にいた時には、別に自分が商売に関わっていたわけではない。

それに対して、レーナは父親とふたりで行商の旅をしており、父親が商談をする時には常にその場におり、色々なことを見聞きしていた。なのでそれを知っているポーリンは、こういう話においてはレーナが言うことを否定したりはせず、レーナの知識や判断を素直に受け入れるのである。

（ん〜……）

しかし、レーナの説明に納得しているらしきポーリンとメーヴィスとは違い、マイルは何やら考え込んでいた。

（港町から、徒歩5～6時間。これくらいの距離なら、今までにも何度か依頼を出したことがあると思うんだよねぇ……。村が始まって以来、これが初めての依頼ってわけじゃないだろうし。

……数年に1回くらい、依頼を出しているんじゃないかなぁ。

そして、大切な村の予算を使うのだから、村長とかは港町へ行った時にギルドに寄って、依頼の仕方だとか依頼料の相場だとか、色々と調べていると思うんだけどなぁ。

大して遠くないのだから、村長なら港町へはたまに行くだろうし。年貢の小麦の輸送だとか、領主様への陳情だとかで……）

何か腑に落ちない、という感じはするが、かといって、何らかの確証があるわけではない。

表面的には、あくまでも害獣に悩まされている農村からの依頼に過ぎず、意図的な悪意によるものでないならば、新米のCランクハンターにとってはごく普通の仕事である。

なので、マイルもまた、レーナの説明に反論することはなかった。

＊　　＊

「…………ようこそ、お越しくださいました……」

村長の家で、村の首脳陣と話をしている『赤き誓い』であるが……。

テンションが低く、あからさまに失望の色を隠そうともしない村長。

同席している、村の役職者達も皆、同じような様子である。

まぁ、それも無理はないであろう。

なけなしの村の予算から何とか捻り出した、依頼料の金貨３枚。

その結果、やってきたのが自分達の孫娘と大して変わらない小娘４人とあっては、落胆するのも仕方ない。

しかし、依頼書には年齢制限も、『男性パーティに限る』という条件も付けていなかったため、ギルドが『このパーティであれば問題ない』として受注させた以上、今更文句を言えるはずがなかった。

これが護衛依頼とかであれば、受注条件に『受注の可否は、面接の結果による』とか記載されていたりするのであるが……。

さすがに商人達も、魔物に襲われたら依頼主を見捨ててすぐに逃げ出しそうな者とか、『いや、オマエ、絶対に盗賊団の潜入スパイだろ!!』というような悪党面の者を雇いたいとは思わないだろうから……。

「……いや、お気持ちは分かりますが、これでも、歴（れっき）としたＣランクパーティですので、ご心配なく。

それに、もし万一私達が依頼事項の遂行に失敗した場合は、『依頼事項未達成』として私達への支払いはなし、次の受注者に依頼が回されることになりますから……」

メーヴィスの説明を聞いて、ホッとした様子の村長達。

初見の相手に見た目で侮られることには慣れているため、皆、別に腹を立てたりはしない。

「……で、御依頼の詳細を確認したいのですが……」

そう、『赤き誓い』以外の者は受注するはずがない、というくらい……。

ギルドで確認した依頼内容は、あまりにも大雑把であった。

そして、村長達の説明によると……。

『この村には、少し離れたところに「入らずの森」がある。

そこには魔物がたくさん住んでおり、村の者達は、その森には入らない。

しかし、最近そこから魔物が村まで来るようになり、家畜が襲われ始めたのである。

毎回、夜のうちに家畜が1頭ずつ殺されて、翌朝、死体が残されている。

それだけでも大問題であるが、このままでは、いつ人間が襲われるか分からない。

なので、魔物を討伐し、村の安全を図りたい。

討伐対象からは、角ウサギとオークを除く。狼系のものは、確実に全滅させてもらいたい』

ということであった。

角ウサギとオークを除外するのは、肉や素材目当ての獲物として村に必要だからであろう。

オークは少し危険ではあるが、オーガや狼系の魔物ほどではない。たまに1頭狩れれば、村の食事情に大きく貢献する。

……そしておそらく、オークはこの村まで来るようなことはないのであろう。


「「「あ〜……」」」


心配していた事態である。

しかし、『そういう場合も、あり得ないわけではない』と考えていただけであり、まさか本当にその類い（たぐい）の依頼であったとは、驚きである。

これが悪質な個人からの依頼であり、ハンターを騙してただ働きをさせようとか、契約違反を盾に無茶なことをさせようとかいうならば、まだ分からなくもない。

しかし、村としての正式な依頼で、これはない……。

「……それって、森の魔物を全て退治してくれ、ってことですか？　金貨３枚で？」

「世の中を舐めているのですか？」

「領主様に頼みなさいよ！」

辛辣（しんらつ）な、マイルとポーリン、そしてレーナの言葉。

そして……。

「何年かかるのかな、あはは……」

苦笑する、メーヴィスであった……。

「いや、ちゃんと依頼を受けて来たからには、やってもらわないと！　契約違反じゃ！」

「いやいや、詳細説明があまりにも常軌を逸した内容であった場合は、仕事をせずにそのまま戻るように、ってギルドから指示されていますので……」

いくらお人好しのメーヴィスであっても、こんな話は受けられない。

酷い目に遭うのが自分達だけであっても駄目なのに、『馬鹿なハンターは、うまく騙せばただ働きさせられる』という噂が流れたり、『前に依頼したハンターは、この条件で受けてくれた！』とか言われると、他のハンター達に迷惑が掛かる。ここは、絶対に妥協してはいけないところである。

「……じゃ、帰るわよ！」

「「「おお！」」」

そして、レーナの指示でみんなが席を立つと……。

「……仕方ない。それでは、条件を少し引き下げよう」

村長がそんなことを言い出したが、皆、その言葉を完全にスルーして、部屋から出ていった。

「……え？　いや、待て！　条件を引き下げると言っておろうが!!」

しかし『赤き誓い』は止まるつもりはないようであった。

「待て、は、話を……」

そこで、レーナが足を止めて、振り返った。無表情で。

「相手が妥当な条件を求めているのに、その10倍の条件を突き付けておいて、相手がそれを飲まないとなると『ならば、互いの条件の真ん中を取ろう。そうすれば、公平だろう』とか言って5・5倍の条件を強要するとかいう悪党の言うことを聞く程の馬鹿じゃないわよ。

金貨3枚の報酬で私達がどういう依頼を指示されたかは、ギルドとハンター達にしっかりと伝えておくから、安心しなさい。次からは、この村が何を求めているかを理解したハンターしか来ないわよ。

……もし、そんな馬鹿かお人好しのハンターが存在するとしたら、の話だけどね。

私達が受けたのですら、長い間誰も受けずに塩漬けになっていたのを気の毒に思っての、ただのボランティアのつもりだったんだからね。次にそういうハンターが現れるのは、いつになるかしらねぇ……」

「「「「…………」」」」

青い顔で震える、村長達であった……。

そして、再び歩き出したレーナ。

レーナを待って立ち止まっていた他のメンバー達も、一緒に歩き出した。

「ま、待ってくれ、話を聞いてくれ！」

気を取り直した村長が同じ言葉を繰り返すが、依頼を受けたハンターを侮ったり舐めて掛かったり、そして無茶な依頼を強要するような依頼者は、信用できない。

依頼料は既にギルドに預託されているが、それも、依頼完了報告にサインしてもらえなかった場合は、面倒なことになる。

それでも、事実関係がはっきりしたならば、おそらく最終的には全額支払われることになるであろう。

しかし、面倒なことは勘弁してもらいたい。

……ならば、依頼を受けるのを中止すればいいだけのことである。

お金の授受が伴わないならば、依頼主有責による受注のキャンセルというだけのことであり、ギルドとの面倒な遣り取りがかなり楽になる。

まあ、迷惑賃として、村までの往復に掛かった時間分の日当と違約金は預託金の中から毟(むし)らねばならないが……。

今回のようなケースだと、過去の例から考えると、預託金のほぼ全額が支払われるものと思われる。

これは、別に『赤き誓い』ががめついからではなく、同様のことを繰り返さないよう、そして周辺の村々への見せしめの意味も込めて、できる限り多くのお金を毟るのが、ハンターとしての務めなのである。

そして依頼の報酬金を前もってギルドに預けておく『預託金』というものは、こういう時のための制度なのである。

今回の事を報告されれば、もうこの村からの依頼を受けてくれるハンターなどひとりもいなくなるであろうし、ギルドも、何とか受注してくれないかとハンターを説得し取り持ってくれることは二度とないであろう。

ハンターを、そしてハンターギルドを甘く見て、舐めてかかった田舎村の、『あるある』であった。

「知らないわよ。話ならもう聞いたし、その話が、私達には納得できない許容範囲外の内容だったから、交渉決裂、依頼主有責での契約破棄、ってことよ。どこにこれ以上話をする必要があるのよ。私達が若い女だからといって舐めて掛かり、騙そうとしたり喧嘩を売ろうとしたりしておいて、話が思惑通りに行かなかったから、『今のナシ！』、って言って、最初から話をやり直すって？

そんな奴ら、誰が信用すると思ってるのよ。

しかも、この期に及んで、まだ『仕方ない』とか『条件を少し引き下げよう』？

……馬鹿じゃないの？

これが、受注したのが強面のおっさんパーティだったなら、初めからまともな話をしたんでしょ？」

村長の懇願をバッサリと切り捨てるレーナには、取り付く島もなかった。

いや、それでも、再び立ち止まってそう返事をしてやるだけ、レーナは甘いのかもしれない。

普通であれば、返事もせずにそのまま立ち去るか、罵声や捨て台詞を残す程度であろう。

信用できない悪党と話し合いや交渉をするのは、馬鹿だけである。

しかし……。

「お願いですじゃ、お願いですじゃ～!!」

村長を始め、立ち会っていた村の役職者達全員に土下座……日本式のものとは少し異なるが、誤解の余地なく、同じ意味のものと分かる……をされて、居たたまれない様子の『赤き誓い』。

……いや、居たたまれないのならば、そのまま立ち去れば良いのでは。

そうは思っても立ち去れないのが、『赤き誓い』なのであった……。

＊　＊

「……じゃあ、その森を縄張りとしている狼を可能なだけ狩る、ってことでいいのね？

そして最低条件として、狩るのは30頭以上。その中に、群れのボスである白いヤツが含まれていること、と……。

もし群れの個体数が少なかったり、逃げ出したりして討伐数が30頭に届かなくても、ボスを倒して群れを壊滅状態にさせたなら依頼達成、ってことでいいのね？

そして、ボスが代替わりしていて白いのじゃなかった場合は、その新しいボスを倒せばいい、と」

レーナの最終確認の言葉に、こくりと頷く村長。

もし群れの総数が30頭未満であったり、群れが崩壊して散り散りに逃げ出したりして『依頼失敗、依頼料なし』とか言われては堪らないので、ちゃんと条件の穴は塞いでおくレーナ。

ボスが白い狼だというのも、本当かどうか分からない。『ボスの白いのが含まれていないから、依頼失敗だ』と難癖をつけるための嘘である可能性も、なくはない。

白かろうが灰色だろうが、ボス狼を逃すとマズいことになるが、立場上、ボスがそんなに早く逃げ出すとは思えないし、マイルが一度視認したならば、探索魔法のマーキングをしておけるので安心である。

……そう、結局、何やかや言いながら、村長達の話を聞くことになってしまった『赤き誓い』は、なぜか依頼を引き受けることになってしまったのであった。

わざわざ『もしかすると、ヤバい案件かも』という塩漬けの依頼を受けたのである。元々、困っている村人にあまり冷たい態度をとれるようなレーナ達ではないので、自分達でも少々甘過ぎるとは思ったものの、仕方なかったのである。

「じゃあ、その旨を記した、書付をください」

そして村長に、横からそう注文を付けるポーリン。

さすがに、自分達を一度騙そうとしてきた相手を簡単に信用したりはしないポーリン、慎重である。

これを断ったりすれば、『赤き誓い』がこの村の者を信用することは絶対にない。

それが分かっているため、素直に了承する村長であった。

＊　＊

「まぁ、ちゃんと頭を下げて適正な条件で依頼してくれるなら、文句はないよね。……できれば、最初からそうしてくれると助かるんだけどね……」

村長達から『入らずの森』についての詳細説明を聞き、早速出発した『赤き誓い』。中途半端な時間ではあるが、あまり信用できない村長の家に泊めてもらうよりは、暗くなるまで歩いて適当な場所で夜営した方がずっとマシである。

そのため、村の小道を歩きながらメーヴィスがそんなことを話していると……。

ガツッ！

「……え？」

突然の衝撃に驚き、ぽかんとするメーヴィス。

身体に小石がぶつけられたのである。

普通であれば、攻撃されれば即座に防御体勢を取り、攻撃者の位置と人数、そして敵の戦闘力の把握に努め、直ちに反撃に移る。……攻撃を受けた者だけでなく、メンバー全員が。

少なくとも、無防備で棒立ちのまま、などということはあり得ない。

……それも、メンバー全員が、などということは……。

しかし、今回は仕方ないであろう。

何しろ、その小石で攻撃してきた者が、まだ7～8歳の子供であったので。


「ど、どうして……」

メーヴィスがそう呟くのも、無理はない。

確かに、Cランクの中堅以下のハンターは底辺職であり、馬鹿や粗暴な者も交じっている。

そのため、絡まれやすい若い女性とかには毛嫌いされることもあるが、子供達、特に孤児や田舎の子供達にとってハンターは一攫千金の夢がある職業であり、そして自分達にも比較的簡単になれる職業であるため、そう毛嫌いされるわけではない。

逆に、村が出した魔物の討伐依頼を颯爽とこなすハンターの姿を見た子供達からは、強い者にしかなれない憧れの職業として、英雄視される場合すらある。

おまけに、『赤き誓い』は見目の良い女性ばかりのパーティである上、困っている村のためにわざわざ港町から来てくれた、感謝すべき対象のはずである。

なのに、なぜ子供に石を投げつけられるのか。

……それも、冗談半分で笑いながら、とかではなく、憎しみの籠もった目をした、本気の投擲(とうてき)で……。

当たったのがメーヴィスの防具部分であったために大したことはなかったが、これがもし防具で護られていない頭部や手足に、もしくは碌(ろく)に防具を着けていないレーナやポーリンに当たっていれば……。

そして更に疑問なのが、石を投げた子供の母親と思われる女性が慌てて子供を抱え込み、家の中へと連れて行ったことである。まるで、無法者から我が子を護るかのように……。

普通であれば、子供を叱り、相手に謝罪させるものであろう。

なのに、まるで子供がした行為自体は問題がなく、ただ相手からの仕返しを恐れ、それから逃げることのみを考えたかのような行動。

そして『赤き誓い』の皆が周りを見渡すと……。

先程の子供やその母親と同じように、憎しみや怯えが見て取れる、『赤き誓い』を睨むような眼。

頼んだぞ、というような、『赤き誓い』の依頼遂行に期待しているような眼。

……明らかに、人々の様子が二分されていた。

「「「「…………」」」」

まだ、村長達には隠し事がありそうな気がする、マイル達であった……。

＊　＊

「……どういうことよ？」

村から出て、『入らずの森』へと向かっている、『赤き誓い』。

「おそらく、私達の存在を快く思っていない村人達がいるのだろうね。……それも、ほんの数人とかではなく、ある程度の人数が。

そして、それには子供達も含まれている……」

歩きながら、渋い顔で話すレーナとメーヴィス。

「ただの村の派閥争い、とかいうわけじゃなさそうですよね。

もし単純な派閥争いならば、子供まで巻き込んだり、私達に対しての憎しみや攻撃までは行かないでしょう。私達はただ、魔物の駆除のために雇われただけの、作業員に過ぎないのですから」

「普通、小さな村がハンターやギルドを敵に回して、得をすることはあり得ませんからねぇ……」

ポーリンとマイルが言う通りである。

いくら村の中での争いがあろうと、それに外部の者……特に、商人とかハンターギルドとか……を巻き込むことはない。それは、村全体の大きな不利益に繋がるからである。

「ま、そんなの、私達の知ったことじゃないわよ。

私達はただ、大事な村の家畜が襲われて困っているという依頼を受けて、相手が魔物だろうが野獣だろうが構わず狩るだけよ。村の派閥争いなんか、関係ないわよ」

レーナの言葉に、うんうんと頷く3人。

そう。ハンターは、受けた依頼を遂行するのみ。

その依頼が妥当なものであり、ハンターを騙したり陥れたりするものでない限り……。

真摯な願いには、誠意と成功をもって応える。

そして悪意には、その報いをもって応える。

それが、ハンターというものであった。

＊　＊

「……というわけで、『入らずの森』に来たわけだけど……」

はぐれではなく、狼系の群れによる被害らしいのである。その住処（すみか）である森は、村からそう遠いわけではない。徒歩で1時間半くらいの距離であった。

しかし、村に泊まるのが嫌だったので中途半端な時間に出発したため、今から森に入るとすぐに暗くなる。なので……。

「今日はここで夜営して、森に入るのは明日にしましょ」

レーナの判断に賛成し、頷くマイル達。

そして勿論、夜は食事と入浴、そして『にほんフカシ話』である。

日没から日の出まで、10時間以上ある。さすがに、その間ずっと寝ているには、長過ぎた。

森の外縁部ではあるが、音と臭いは魔法でシールドしてあるから問題ない。

これが普通のハンターだと、料理の臭いもであるが、『軟(やわ)らかくて美味しそうな、人間の若い女性の臭い』とか、魔物ホイホイ、野獣ホイホイもいいところである。

＊　＊

そして、翌日。

辺りが明るくなるとすぐに、『入らずの森』へと入っていった『赤き誓い』。

但し、辺りが明るく、とは言っても、それは森に入る前の話である。

管理されておらず、枝打ちも間伐もされていない原生林なので、日中であっても森の中は薄暗い。

そして、人が立ち入らない森なので……。


どしゅ！

ずばっ！

ばしゅっ！

「「「獲物、美味しいです……」」」

そう、魔物も普通の動物も、数が多かった。

ヒト種という、自分が食べる量以上の獲物を狩る、生態系バランスをぶち壊すイレギュラーがいないため、小動物から大きなの、そして魔物と、おそらくそれなりの個体数のバランスが取れているのであろう。

「オークだけじゃなくて、鹿（ディア）や猪（ボア）、牛（キャトル）とかが狩れるのは美味しいですね。食べる方も、売る方も……」

そう、マイルが言う通り、いくら狩ってもすぐに増える魔物とは違い、鹿（ディア）や猪（ボア）、牛（キャトル）とかの普通の動物は、美味しいし高く売れる。そしてヒト種に対して積極的に襲ってくることは滅多にない。

そのため、人里に近いところでは狩り尽くされて数が少なく、遠方で狩った場合は輸送が大変なこととその間に肉が傷むことから、肉に人気があるのにあまり入荷しないのである。

それが、ここではたくさん狩れ、マイルのアイテムボックスのおかげで輸送や日保ちの心配もない。そして、他のハンターや猟師もおらず、まさに、『赤き誓い』のためにあるような狩り場であった。

「本当に、私達のためにあるような……、って……」

何かに気付いたのか、マイルが言葉を途切らせた。

「……どうしたのよ？」

そして、マイルの様子がおかしくなった場合には、すぐに気付くレーナ。

「あ、その、……ここ、確か『入らずの森』でしたよね？」

「そういう名前だったわね……」

「それって、人間が入っちゃ駄目、っていう意味なんじゃないですか？　何か、そう名付けられた理由があるのでは？　言い伝えや宗教的な禁忌とか、危険があるとかで……。

私達、入っちゃって良かったんでしょうか？」

「「「あ……」」」

今更である。

「い、いや、だってこの森に住む狼の討伐依頼なんだから……」

メーヴィスが、少し焦ったようにそう言うが……。

「でも、それなら村で待機して、狼が家畜を襲いに来るのを待ち伏せても良かったのでは？

それなら、確実に『村の家畜を襲う奴ら』を返り討ちにできますよね？

なのに、村長さん達は私達に、森へ行って討伐するように仕向けました。他の、村には来ない群れもいるかもしれず、そして村に来る群れとは出会わないかもしれない、広大な森へ……。

そりゃ、探索魔法がありますから、何とかなるとは思いますよ？　だから、村長さんが言うことに特に反対はしなかったんです。皆さんもそうなのでしょう？

……でも、私の探索魔法のことなんか知らない村長さんが、どうして確実に村に来る群れを捕捉できる迎撃戦を選ばせなかったのでしょうか……」

「「「あ……」」」

討伐のために入っていいなら、『入らずの森』ではない。それは、『入っていい森』である。

「じゃあ、私達に敵対的な態度だった村人達は、私達がこの森に入るのを嫌がったと？」

「村の禁忌的なものか、それとも稼げる獲物や採取物の宝庫を荒らされたくないとか……」

レーナとマイルの会話に、うむむ、と考え込む、メーヴィスとポーリン。

村まで、手ぶらで歩いて、1時間半。獲物を運ぶとなるともっと時間が掛かるであろうが、街で暮らすひ弱な連中ではないのである。金目のものを運ぶなら、それくらいは平気であろう。

森での狩りや採取が許されているならば、であるが……。

「私達が若い女性だから、ということはありませんか？　成人男性が生業として常時立ち入るのは駄目だけど、女子供がたまに立ち入って森の恵みを分けていただくのは許されている、とか……。

子供や女性には寛容な神様や精霊の話は、珍しくありませんし……。

この仕事を受けたのが、たまたま私達だったから、森へ行かせることを選択したとか？

もし私達が失敗して他のハンターがこの依頼を受け直すとしても、次も女性パーティが来る確率はとても低いですからね。以後は迎撃戦術しか取れないから、今回は森へ行かせることにしたとか……。

今回失敗しても、依頼失敗ということになれば、村にとっては金銭的な損失はありませんから」

ポーリンの意見に、再びうむむ、と考え込むみんな。

確かに、依頼失敗になりハンターをチェンジすることになれば、時間的な損失を除き、村にとっては大きなマイナスはないであろう。

（禁忌の森に、子供達だけは入ってもいい……。

……『禁忌キッズ』!!）

そしてマイルは、何やらよく分からないことを考えていた……。


いつまでも考えていても、仕方ない。

マイル達は、研究者ではなく、ハンターなのである。

依頼を受け、それを遂行する。

それが、犯罪行為やハンターギルドの規約に違反することではなく、自分達や依頼者、その他のヒト種や知的生物に被害が及ばず、そして依頼者が嘘を吐いたりハンターに悪意を抱いていたり、重要な事項を隠していたり、その他の『互いの信頼関係を損なうような行為』をしていない限り。

そして……。

「狼系のが出ないわよ！」

そう、今回は素材目当ての常時依頼ではない。

確かに魔物ではない動物系の獲物が狩れるのは美味しいが、依頼対象である狼系のを討伐しない限り依頼は未達成、……つまり『依頼失敗』である。

「マイル、やりなさい！」

遂に、レーナから禁断の指示が下った。

……そう、マイルによる探索魔法の使用命令である。

これは、『赤き誓い』がマイルの能力におんぶに抱っこ、だというわけではない。

今回は、マイルの能力に頼らなければ依頼任務を失敗する、と判断しただけである。

もしマイルがいなければ。

もしマイルが普通のハンターであれば。

……この依頼は、無理ゲー。

つまり、『マイルの能力なしではクリア不能』と、降参したわけである。

レーナにとっては敗北宣言に等しく、悔しくないわけではないが、自分の意地や矜持よりもパーティとしての任務完遂を優先したのである。……それと、困っている村人達を助けることを。

昔の、ソロで活動していた頃のレーナであれば、決してしない選択であった。

いや、ソロならば、そもそもこのような無理筋の依頼を受けることなどあり得ないが……。

なのでこれから先は、『ひとりのハンターとして。そしてひとりのパーティメンバーとして、己の本分を尽くす』のではなく、『御使い様と愉快な仲間達』としての活動である。

……非常に不本意ながら……。

「ハイハイサー！」

そして、探索魔法を発振させるマイル。

あの、光の棒が360度くるくると回る、レーダー画面みたいなやつ（PPIスコープ方式）ではなく、マイルを中心としてぽわわ～んと円が広がっていく、ソーナーみたいな感じのやつである。

……実際には、音ではなくナノマシンが全周に飛んで行き、情報を持ち帰ってマイルの視覚神経に直接映像信号を流すことにより情報を伝えるのであるが……。

この点においては、マイルの探索魔法を見て独自の探索魔法を編み出した『ワンダースリー』と、独自の至近距離全周空間情報把握魔法『メーヴィス円環結界（リング）』を考案したメーヴィスの方が、魔法センスというか新規魔法の考案・開発能力というか、そういう面での才能が遥かに優れていた。

……現代地球の知識により圧倒的に有利であるはずのマイル、面目丸潰れである。

まぁ、そういうわけで、探索波……大量のナノマシン……を全周に、発振というか放射というか、とにかくバラ撒いたマイル。

今までに狼系は動物種も魔物も色々と狩っているため、識別は可能である。

さすがに野犬との判別は難しいが、狐や狸、コボルト等と間違えるようなことはない。

そして……。

「狼系1頭、急速接近中……。反射波（エコー）の大きさから判断して、成獣！」

「迎撃用意！　余裕があれば平打(ひらう)ち、ホット、拘束！」

「「「了解(ラジャー)！」」」

マイルの報告に、レーナからの指示が飛ぶ。そしてそれに応える3人。

今更、誰への指示かを示さねばならないような仲ではない。

平打ちは、剣の腹の部分で殴ることである。骨折くらいはするかもしれないが、一応、生け捕りを目的とした攻撃方法であった。

ホットは、言わずと知れた、ホット魔法。拘束は、そのまま、バインド系の魔法である。

……考えてみると、レーナはホット魔法も一応使えはするが、生け捕りに適した得意な攻撃方法を持っていない。炎系もアイス系も、相手を燃やしたり貫いたりするやつばかりである。

人間相手であれば、死なせないように怪我をさせることもそう難しくはないが、野生動物や魔物相手には、加減が難しい。下手に手加減すると、怯(ひる)むことなくそのまま飛び掛かられて首筋に、とか、普通にある。

……まぁ、レーナがそんな下手(へた)を打つとは思えないが……。

＊　＊

瞬殺であった。（殺していない。）

　無駄に痛い目に遭わせるのは可哀想だと思ったのか、物理的な骨折粉砕系のメーヴィスと、鼻の利く狼系のものにはかなりキツいであろうホット魔法は自粛して、マイルの拘束系魔法（バインド）に任せた、メーヴィスとポーリン。

　そして地面に転がる、1頭の狼。

　うるさく吠えるものだから、口も拘束して吠えられないようにしてある。

「……で、生け捕りにして、どうするのですか？」

「…………」

　ポーリンの問いに、黙り込むレーナ。

「レーナ、まさか、何も考えずに……」

「う、うるさいわね！　村長達の話がどうも胡散臭（うさんくさ）いから、安易に連中を信じて討伐するのはどうかと思ったのよ！」

　メーヴィスにそう答えるレーナ。

　他の魔物や動物は平気で狩ったのに、なぜこの狼だけそんなに特別扱いなのか……。

「……まぁ、1頭だけでしたからこっちには余裕がありましたし、何だか私達を襲おうとしていたようには見えなかったですからね、殺気とかが感じられませんでしたから……。

　それに、いくら私達が全員女性で、しかもその内の半数からは鉄の臭いがしないとはいえ、たった1頭で4人の人間に真正面から襲い掛かるとは思えません。

そもそも、狼系は群れで狩りをしますから、獲物を見つけたら群れに知らせてみんなで、というのが普通でしょう？　１頭だけで襲うなんて、不自然ですよ。

それで、殺さずに捕獲したわけですね。さすが、レーナさんです！」

「「なる程！」」

「……そ、そういうことよ！」

マイルの説明（フォロー）に納得したらしいメーヴィスとポーリンに、鼻をぴくぴくさせて自慢そうな顔のレーナ。

そして……。

「……で、生け捕りにして、どうするのですか？」

「…………」

再びポーリンの質問が繰り返され、黙り込むレーナ。

捕らえてはみたものの、尋問できるわけでなし……。

拘束魔法（バインド）で縛られて地面に転がっているものの、どうやら殺される様子はないようだと思ったのか、暴れることなく、きゅ～ん、というようなつぶらな瞳で見詰めてくる狼。

……どうやら、コイツは魔物ではなく、普通の動物種の狼らしい。

狼系には、魔物……大昔に異世界からやってきた、家畜や人間を襲う獰猛なヤツ……と、元々この世界にいた『動物』に分類されるやつ……家畜や人間を襲う獰猛なヤツ……がいるが、どっちも、

大して変わらない。

　一応、暗黒狼（ダークウルフ）は魔物、草原狼（ステッペンウルフ）は動物だと言われているが、森林狼（フォレストウルフ）はどちらになるのか、学者の意見も統一されていないらしいし、それらの混血による中間種が群れとして固定してしまい、もうワケが分からなくなっているのであった。


「……もしかすると、『送り狼』かな？」

「え？　それって、女の子を毒牙に掛ける……」

　マイルの呟きに、驚いて反応するポーリン。

　そう、ポーリンは身体的特徴から、男に声を掛けられることが多い。そのため、こういう話題には敏感なのである。

　そして……。

「じゃ、さっさと殺しましょ！」


　ビクッ！

　人間の言葉が分かるというわけでもなさそうなのに、そう言ったレーナの雰囲気や口調、そして剣呑な視線から、何やら身の危険を感じたらしく、怯えた様子の狼。

「いやいや、人間が後付けで勝手に加えた、狼にとっての風評被害の方じゃないです。元々の、本来の意味の方ですよ！

狼の中には、自分の縄張りに入ってきた人間を監視して、縄張りから出るまで跡をつけてくるという習性を持つものがいるんですよ。

そして、人間が縄張りを出れば、戻って行くんです。

それが、あたかも森で迷った人間を守り、送り届けてくれたみたいに見えるんですよ。

しかも、狼が付いているから、他の野獣や魔物が近付かないんです。

狼が、狩りの最中に獲物を横取りされた時にどれだけ怒り狂うかは、他の野獣や魔物達も知っていますからね。

しかも、狼は群れで狩りをしますから、他にも仲間が潜んでいて獲物を追い詰めている最中かもしれないのに、そんなのに手出しするような森の住人はいやしませんよ。つまり……」

「跡をつけられた人間にとっては、本当に感謝すべき守り神、ってことか……。

しかも、それが迷子の子供だったりすれば、両親からの感謝はすごいものになるだろうね……」

メーヴィスの言葉に、こくりと頷くマイル。

「狼も、いいトコがあるのね……」

そして、感心するレーナであるが……。

「でも、まぁ、つまずいて転んだりして、急に大きな動作をしたり大声を上げたりすれば、反射的に襲い掛かって殺されちゃうんですけどね。『送り狼』の悪い方の意味や、『山犬』、『送り犬』の伝承の元となった習性ですけど……。

それに、お腹が空いていれば、最初から襲われて食べられちゃうでしょうからね。

……あ、『山犬』とか『送り犬』とかいうのは、狼のことですよ。山犬(ヤマイヌ)は狼、家犬(イエイヌ)が多分レーナさんがイメージされている『犬』ですからね、間違えちゃ駄目ですよ！」

「どうしてそんなに詳しいのよ！」

「マイル、まだこの大陸に来たばかりだろう……」

「マイルちゃん……」

吠えるレーナと、呆れた様子のメーヴィスとポーリン。

「あ、いえ、今のは私の地元の方での話で……。まぁ、このあたりでも狼の習性は同じようなものだと思いますからね、あはは……」

「「「…………」」」

まあ、マイルが変なことを色々と知っているのは、今更である。

そして、どうやら自分の危機は去ったらしいと悟ったのか、涙目ながらも安心した様子の狼であった……。

＊　　＊

「よし、これで行きましょう！」

以前、チェーン屋（『チェーン店』ではない）の話が出た時に、レーナが悪ふざけで買ってきてマイルに押し付けた、鋼製のチェーン。

マイルのアイテムボックスに入っていたそれと、いつ、どんな大きさのもふもふ……猫、犬、虎、フェンリル、その他諸々……に出会ってもいいようにと、あらゆるサイズのものをマイルが自作し用意しておいた、首輪やハーネスの数々。

それを、捕らえた狼に装着したマイル。

……ちなみに、いつずぶ濡れの幼女に出会っても助けられるようにと、アイテムボックスの中には、あらゆるサイズの下着や衣服も用意してある。

但し、大人用はない。

大人は自己責任であり、マイルの担当外なのであった……。

「念の為、ちょっと友好的な態度を示しておきましょう」

そして、アイテムボックスから取り出した肉を狼に与えるマイル。

野生動物は人間とは味覚が違うし、あまり焼き過ぎた肉は口に合わないかもしれない。

なので、こういう場合に備えて用意してある、ブルーレアのオーガ肉……有機農産物とは関係ない……である。

ちなみに、ブルーレアというのはレアより生に近く、レアが中心部はピンク色ではあるもののちゃんと中まで熱が通っているのに対し、表面を数十秒焼いただけで、中身は殆ど生である。

その先には、表面を数秒焼いただけであり中はほぼ生のブルー……ラーメンで言うところの、『粉落とし』や『湯気通し』に相当……があるが、そんなの、もう生肉と変わらない。

たまに、レアを頼むと中が冷たくて生のが出てくる場合があるが、それはもう少し焼くようにお願いすべきである。


狼は、外側が少し焼けていい匂いがするけれど中は殆ど生、というブルーレアのオーガ肉（ニック）が余程気に入ったのか、勝手に装着されたハーネスやチェーンのことはあまり気にせず、尻尾をブンブンと振りながら肉に食らいついていた。

（ブルーレア……。そんな名前の宇宙空母があったような気が……）

そして、相変わらず、よく分からないことを考えているマイル。

「……でも、この森、狼が集団で狩りをする対象となりそうな魔物や動物が結構多いわよね。わざわざ遠くの村へ行って、毎回家畜を1頭だけ狩る必要なんて、あるのかしら？」

「そうですよねぇ。群れ全体で山羊や羊を1頭なんて、1回分の食事にすら足りないんじゃないですかねぇ……。

私が狼の群れのボスなら、その場で群れ全体で4～5頭を食い散らし、あと4～5頭を殺して、引きずって持ち帰りますね。それを年に数回やって、それ以上は襲いません。

そして人間達にはそれを『計算に織り込み済みの、損耗分』として諦めさせ、そういうものだと納得させて、長い、良き付き合いをする。そういうのが、こういうところでうまく暮らしていくコツなんですよね……」

レーナの疑問に、そう答えたポーリンであるが……。

「いや、そりゃ人間側が一方的に搾取されているだけじゃないか。

そんなの、狼を殲滅したくなるに決まってるだろう……」

メーヴィスが、真っ向からそれを否定した。

「「「そりゃそうだ……」」」


（……あれ？　村長さん、確か『翌朝、死体が残されている』って……。『食い散らした残骸』ではなく、『死体』って言い方だと、何だか原形を保っているような……。

それに、巣に残っている仔狼や世話役の雌のために持ち帰らないのかな、獲物……）

少し疑問に思うマイルであるが、情報不足のため、それ以上考えを進めることはなかった。


そして、肉を食べ終えた狼に先導されて、先へと進む『赤き誓い』。

どうやらこの狼は、マイルが首輪ではなくハーネスを装着したせいか、自分が捕らえられて鎖に繋がれているとは思っておらず、自分が4人の人間達を確保して仲間のところへ連れ帰っている、と認識しているようであった。そのため、堂々とした態度である。

「「「「…………」」」」

「あ、前方、狼らしき反応(エコー)あり！　数、1！」

「戦闘態勢！」

＊　＊

……そして、鎖を持つマイルを引っ張りながら皆を先導する、2頭の狼。

勿論、増えた方には、既にブルーレアを食べさせてある。

既に仲間が意気揚々と人間達を引っ張って、連れ帰っていたことから何の疑問も抱いておらず、そして自分に旨い肉(ブルーレア)を献上した感心な下僕として、この人間達を群れに連れ帰ることを是(ぜ)としたようである。

＊　＊

「前方、狼らしき反応あり！　数、１！」

「戦闘態勢！」

＊　　＊

……そして、鎖を持つマイルを引っ張りながら皆を先導する、６頭の狼……。

「あれ、何て言ったかしらね。戦いに行く途中で、お供の動物がどんどん増えてゆくヤツ……」

レーナのそんな呟きに、メーヴィスが答えた。

「『わふわふ忠臣蔵』かい？」

「いえ、それじゃなくて……」

「じゃあ、キラービーの蜂蜜で作ったお団子を食べさせてやる代わりに家来になれ、ってやつかな？」

「そうそう！　『キラービー団子』で味方にするヤツよ！」

それを聞いて、ポーリンがぼそりと呟いた。

「『勇者ピーチのオーガ退治』……」

「「それだっっ!!」」

そして、ポンポンと肉球で肩を叩けばいくらでも無限に美味しい肉が出てくる、不思議で便利な良い物を見つけ、それを群れへと持ち帰ることができると、尻尾をぶんぶんと振りながら大はしゃぎの、6頭の狼達であった……。


「……でも、ちょっと人間に慣れ過ぎじゃないですか？

普通、野生動物はそう簡単に人間に懐いたりはしませんよね？　それも、互いに相手を獲物として狩り、狩られる関係にある、動物種の狼と、ヒト種のハンターという関係で……」

マイルの疑問に、騎士としての家系であるメーヴィスが答えた。

「魔物は決して人間には懐かないけれど、動物はそうでもないからね。

そして、初めて会った動物がやけに人懐こい時には、だいたい、ふたつの場合が考えられる。

ひとつは、元々人間に慣れた個体である場合。

以前人間に飼われていたとか、仲良しの人間がいて人間が好きな場合とかだね。

そしてもうひとつは、人間に会うのが初めてであり、敵とも味方とも思っておらず、敵意がない場合。

……尤も、その場合でも、縄張りへの侵入者だとか、餌としての獲物だとかに認識されて、襲われるのが普通だろうけどね」

「「「…………」」」

今までの情報からは、前者である確率は低い。

……村長達の説明が正しいとすればの話であるが……。

ならば後者かといえば、それも考えづらい。

野生の狼が、自分の縄張り内で見つけた軟らかくて美味しそうな動物を、獲物として見ず、友好的に振る舞うものであろうか。

どうも、今ひとつ納得できない顔のレーナ達であるが……。

「あ！」

ポーリンが、何か思い付いたようである。

「もしかすると、マイルちゃんは『人間』だとは認識されていないのでは？　その強さや膨大な魔力量を野生の勘で察知して、『手出ししてはならない、友好的に接するべき自分達より強い生物』だと認識しているから、下手（したて）に出ているとか……。

そして私達3人はマイルちゃんの配下、もしくはマイルちゃんが捕獲済みの獲物なので、手出しされない、と……」

「「それだっっ!!」」

「何ですか、それはっっ!!」

なる程、と納得するレーナとメーヴィス。そして激おこのマイル。

鎖（チェーン）で繋がれた6頭の狼達は、わふわふと大喜びではしゃぎまくっている。

自分達が捕らえられているという認識、皆無であった……。

＊　　＊

「どうやら、到着したようですね……」

マイルが言う通り、まだ森の中心部には程遠いものの、狼達の縄張り部分の中心地近くに到達したらしい。6頭の狼達の様子と、マイルの探索魔法に反応している他の狼達の位置から、それは容易に察せられた。

「洞穴ですか……。そんなに奥行きはないみたいですね。遺跡とかではなく、ただの自然にできた浅い洞穴を住処にしているだけみたいですね。

……でも、狼って洞穴なんかに住んでたっけ……」

「いや、洞穴はそんなにどこにでもあるわけじゃないから、全ての狼の群れがみんな洞穴に住んだりはできないだけじゃあ……」

マイルの疑問に、メーヴィスがそう答えるが……。

「でも、岩場だと寝るのに身体が痛かったり、冬場は地面に体温が奪われて辛いのではないのですか？　草地で丸まって寝た方がいいんじゃあ……」

「雨の時はどうすんのよ！」

「吹きっさらしだと、風に体力と体温を奪われるし、敵対している他の獣や魔物とかに対する防衛を考えると……」

「いえ、人間とは違い、毛皮があるから……」

何か、討論会が始まってしまった。

「あああああ、そんなの、後にしてくださいよおっ！

……いえ、私もそういう考察ごっこは嫌いじゃないし、ハンターとしてはそういう好奇心や探究心を持つことは良いことなんでしょうけど、今は仕事相手との会談を優先してくださいよおっ！」

「「「ごめん……」」」

怒鳴るマイルに、素直に謝罪するレーナ達。

マイルは滅多に怒らないが、その分、怒らせると怖い。

長い付き合いなのである。それくらいのことは分かっている、レーナ達であった。

「……でも、言い出しっぺはマイルちゃ……ぎゃっ！」

そして不用意な発言をしかけたポーリンが、レーナに思い切り足を踏まれて悲鳴を上げた。

……ポーリン、学習効果が足りていないようであった……。

＊　＊

「では、そろそろラスボスとご対面、ということで……」

ぐいぐいとハーネスに付けられた鎖を引っ張る6頭の狼に引きずられ、洞穴へと向かうマイルと、その後に続くレーナ達。

マイルが本気になって地面に足をめり込ませれば停止させることができるが、普通の状態であれば、いくら力が強くても、体重が軽いマイルは簡単に引っ張られる。

尤も、今のマイルは別に停止しようと考えているわけではないが……。

そして、どこからともなく現れてマイル達のあとに続く、数頭の狼達。

勿論、前方、洞穴の中にも多数の狼達が待ち構えている。

しかし、マイル達はそれらを気にした様子はない。

もし何かあっても、『赤き誓い』が本気を出せば狼の20頭や30頭、どうにでもなる。

あの、アルバーン帝国絶対防衛戦を思えば、ヌルいいい仕事である。

……尤も、狼達には敵意はないようであるが……。

やはり、洞穴は大した奥行きはなく、せいぜい20～30メートルくらいであった。

穴の直径もそれほど大きくはなく、マイル達が腰を屈めずに歩くためには、2列になって歩くしかなかった。それ以上横に広がると、低くなる天井に頭をぶつける危険がある。

……特に、この中では一番身長が高い、メーヴィスが……。

「……あれ？」

そして、マイルが首を傾(かし)げた。

洞穴の一番奥に、1頭の狼が座っている。

他の狼達の配置から、明らかにその個体が群れのリーダー、ボスである。

オマケに、色が白。

これでボスでなければ、詐欺である。

……しかし、その白い狼は、小さかった。

個体特性として小柄だとか雌だとかいう問題ではなく、明らかに子供である。

そして、思いがけぬ客に驚き、狼狽(うろた)えていた。

マイル達を引っ張って連れてきた6頭の狼達に向けられたその顔は、明らかに『何だよ、コイツら！』、『何、勝手に変なのを連れてきてんだよ！』という、非難の表情である。

だが、それを意にも介さず、ぐいぐいとマイルを引っ張って白い狼の前へと連れて行く、6頭の狼達。

レーナ達は足を止めており、白い狼に近付いているのは、狼達とマイルだけである。

そして、白い狼の前で停止した6頭のうち、マイルが最初に捕らえた……、いや、この人間達を最初に確保した狼がマイルに歩み寄ると、二足立ちして、前脚をマイルの肩に掛け、その右脚でマイルの肩をポンポンと叩いた。

「あ〜、ハイハイ……」

そして今までと同じく、その要求の仕草に応じ、アイテムボックスからブルーレアの焼き加減であるオーガ肉（ニック）……時間停止のアイテムボックスに入れてあったため、まだ焼きたてで温かく、いい匂いがしている……を白い狼の前へ置いた。

『…………』

あからさまに、不審そうな様子の白い狼。

それはそうである。アイテムボックスなど知らない野生動物にとって、今、目にしたことは、あまりにも不可解であり怪しすぎたであろう……。

しかし、自分の目の前に置かれた、あまりにも旨そうであり、良い匂いがする肉。

状況から考えて、自分に対する貢ぎ物であることは間違いない。

それを食べないということは、部下が連れてきた者達からの貢ぎ物を拒否したということであり、部下の面子を潰し、そしてこの者達との友好関係を否定することになる。

群れのボスとして、それはマズかった。

……そして何より、自分の目の前に置かれた肉は、あまりにも旨そうな匂いがしていた……。

がぶり！

立ち上がった白い狼は、貢がれた肉を食べた。
そして……。

がつがつがつがつがつ！

一瞬で肉を喰い尽くした白い狼は、マイルに歩み寄り……。
二足立ちになって、マイルの肩をポンポンと叩いた。
「はいはい、お代わりですね……」
追加の肉を出してやるマイル。
それをがつがつと食べる白い狼。
そして……。
ポンポン
がつがつ
ポンポン
がつがつ
ポンポン
がつがつ……

何度か同じことが繰り返され、ようやく満足したらしい白い仔狼が、マイルの足にごしごしと身体を擦りつけた。

「おおお、デレました！　そして、もふもふですよ、もふもふ！　ふわふわの、もこもこです！もふもふ天国ですよっ！」

マイル、大歓喜！

しゃがみ込んで仔狼をもふっていると、仔狼がすっとマイルから離れた。

「あ……」

残念そうな顔をするマイル。

そして、仔狼が仲間達に向かって、わふ、と小さく吠えた。すると……。


**どどどどどどどど！**

一斉にマイルに飛び掛かり、その肩を肉球でてしてしてしと叩き続ける、群れの狼達。

「や、やめ！　いえ、もふもふに集(たか)られて嬉しいような気はしますが、ちょっと、今はやめてええええ～～！

そして、大人の狼は毛が結構固いですよ！　仔狼みたいに柔らかくないし、何か臭いですよっ！

ああ、肉球が、肉球が身体中にいいいっ！　天国なのか地獄なのか、どっちですかああああぁっっ‼」

声はすれども、狼達に埋もれて姿が見えなくなっているマイルに、肩を竦めるレーナ達。

「ねえ、狼が身体を擦りつけるのって……」

「ああ、『これは自分のものだ！』という意思表示だよね。自分の臭いを付けて、所有権を主張するというやつだよ」

レーナに、そう答えるメーヴィス。

「そして、あの合図の鳴き声は……」

「自分は満足したから次はお前達が食べろ、という、群れのリーダーからの下賜の合図だよね、多分……」

「「あ、やっぱり……」」

無限の肉製。

肩を叩けば、お肉がひとつ。

打ち出の小槌が、自分達の群れのボスに忠誠を誓った。（誓ってない。）

もう、群れの全ての狼達が大はしゃぎである。

洞穴の外で見張りをしていた狼達も全て戻ってきて、大宴会。

……狼はお酒を飲まないし、酔って説教話をすることもないため、その行動の全ては、ただひたすら『喰うこと』に集中された。

そのため、さすがのマイルもそんなに膨大な量のブルーレアオーガ肉を用意していたわけではないので、品切れ。

いったん洞穴の外へ出て、アイテムボックスから取り出した生のオーガやオークを、レーナが火魔法で外側だけを軽く炙り、急遽増産することとなった。

……洞穴から出たのは、あんな場所で火魔法を使うと酸欠で死んでしまうからである。

マイルがそう言うまでもなく、レーナとポーリンもそのことは知っていた。火魔法が使える魔術師の常識らしい。

メーヴィスも、『魔法を使った戦術』の勉強で、知っていた模様。

魔物の肉は、売るほどある。

あの、アルバーン帝国絶対防衛戦が終わった後、膨大な量の魔物の死体を見て、その大半が肉や素材を利用できることなく腐り、あの荒野が病原菌や寄生虫の巣窟となることを危惧したマイルが、そのかなりの量をアイテムボックスに収納したのである。

……主に、美味しいものとか、高く売れそうなものとかを中心として……。

なので、食肉としてどこでも確実に売れるオークやオーガだけでなく、ヒッポグリフやマンティコア、地竜、ワイバーン等を始めとして、様々な種類の、膨大な数の魔物がマイルのアイテムボックスに収納されているのであった。

あの戦いでは狩らなかった新種の角ウサギ（ホーンラビット）も、その後、暇な時にかなりの数を狩っている。

新種は肉に歯応えがあるかも、とか、旨味が増しているかも、とか考えたマイルが、研究や調理の実験のため、大量に欲したためである。『魔物料理は、角ウサギ（ホーンラビット）に始まり、角ウサギ（ホーンラビット）に終わる』とか言って……。

そのため、魔物の在庫は充分あるが、マイル達は旧大陸でも新大陸でも、それらをハンターギルドや商業ギルドで売ることはなかった。

そんなものを売りまくれば、魔物の間引き数を計算してコントロールしている専門家や研究者達の努力が台無しになってしまうし、相場が値崩れを起こして大変なことになってしまう。

……この大陸で最初に売った、異世界から来たヤツではなく旧大陸の在来種の1頭は、確認作業のためなので、例外である。

また、『ワンダースリー』も、あの時にマイル達に言われて、同じく大量の魔物をアイテムボックスに収納している。

少しずつ売れば一生安泰な数であるが、やはり、真面目にやっている者達に迷惑を掛けないように大量に売り捌くのは難しく、今は『赤き誓い』と同じく、アイテムボックスの肥やしになっている模様である。

とにかくそういうわけで、アイテムボックスの中に無限に近い肉があり、更に魔法でいくらでも水が出せるマイルがいれば、この群れはいくらでも個体数を増やし、大きくなれるのであった。

腹一杯肉を喰って満足したのか、狼達は洞穴に戻り、白い狼は最初にいたあたりにちょこんと座った。

……どうやら、そこが定位置であるらしい。

そして……。

ぽんぽん！

「……え？」

ぽんぽん！

マイルの方を見ながら、自分の隣の地面を前脚で軽く叩いた。

「ここに座れ、ってことですかっ！　妾ですか、愛人ですかっ！

……いえ、可愛いもふもふは嫌いじゃないですけど、お肉目当ての政略結婚は嫌ですよ、群れには入りませんよっ!!」

そう怒鳴るマイルに、レーナがひと言。

「……マイル、あんたの生涯ただ一度のプロポーズかもよ？　お受けした方がいいんじゃないの？」

「がおお～～ん!!」

吠えるマイル。

「……マイルちゃんなら、狼の群れの中でも、ちゃんとやって行けそうですね」

「うん、私もそう思うよ……」

ポーリンとメーヴィスにトドメを刺され、がっくりと地面に両手をつくマイル。

それを見て、自分達の仲間になる決心をして四つ足で行動することにしたのだと思い、ますます盛り上がる狼達。

……もう、ぐだぐだであった……。

＊　＊

「……とにかく、意思の疎通ができないと、どうにもなりませんよっ！」

「いや、そんなの、最初から分かってたじゃないの！」

「いえ、マイルちゃんなら、狼とでも意思疎通ができそうな気がしますけど……」

「ああ、思考レベルが同じくらいだからね」

「うるさいですよっ！」

みんなに言われ放題のマイル、激おこである。

「……それで、どうすればいいかと……」

気を取り直したマイルは、そう言って思案するが、良い方法は思い浮かばない。

「誰か……、いえ、何かに通訳を頼んではどうですか？」

「え？　……あ、そうか！」

ポーリンの提案に、なる程、と手をポンと叩くマイル。

ポーリンも、神様の国からやってきた謎の生物（ナノマシン）のことは、マイルから聞いて知っている。なので、そう提案したのであろう。

しかし……。

（ナノちゃんに通訳してもらうのは、何か、負けたような気がして嫌だしなぁ……。

……そうだ、翻訳魔法を使えば！　いちいちナノちゃんに通訳してもらうのではなく、私が狼の言葉をそのまま理解できるように……）

【……無理！　無理ですよっ！

我々が介在して、脳波を解析して通訳することは可能ですが、直接狼の言葉が理解できるようにするなんて、そんなの、マイル様の脳みそを弄ってナノチップを埋め込みでもしない限り、無理ですよ!!

そして造物主様であればともかく、我々には生物の脳みそを弄る権限がありませんし、たとえ権限があったとしても、そんなのできませんよっ！

そんなことをしなくても、普通に、我々が通訳しますよ！】

（うっ……。それは嫌だ……）

いちいちナノマシンに通訳してもらうのも嫌だが、脳みそを弄られたりチップを埋め込まれたりするのは、もっと嫌である。

そして、再び考え込むマイル。

（……そうだ、ナノちゃん以外で、通訳できそうな者を呼べば……）

**【え？】**

「古竜を呼んで通訳をお願いしましょう！」

「「「えええっ‼」」」

マイルの提案に、驚きの声を上げるレーナ達。

そして、悲痛な叫び……マイルにしか聞こえない……を上げる、ナノマシン。

**【え〜っっ‼】**

「……また、あんたはそんなとんでもないコトを……」

「古竜って、狼の言葉が喋れるのかい？」

「何だか、不安しかありません……」

そして、大丈夫なのかと、心配そうな３人。

「古竜は、ヒト種と話す時はちゃんとヒト種の言葉を喋っていますけど、他の動物や魔物と話している時は、別にその生物が喋る言葉を使っているわけじゃないらしいのですよ。

あれは、相手の思念波……、相手が考えていることを魔法で直接読み取ったり、自分の考えを送り込んだりしているのです。

でないと、声帯の構造が全く違うのに、色々な生物の聴覚に合わせて発声したりできませんよね。私達人間も、もし小鳥の言葉が理解できたとしても、あの鳴き声を出せるわけじゃないでしょう?

それに、そもそも、他の動物や魔物達が、私達と普通に喋れる程の複雑な言語を持っているはずがありませんし……。

古竜が人間と普通に話せるのは、そのように造られたからですよ」

「「「なる程！」」」

そう、古竜は『造られた時』に人間の言葉が発声できるよう声帯の構造を調整されたが、別に他の生物とも喋れるような万能のものではなかったのである。

そのあたりのことは、マイルは以前ナノマシンから聞いていた。

そして……。

【えええええええ～っっ!!】

せっかくの自分達の出番が古竜に掻っ攫われそうなこの状況に、悲痛な叫びを上げる、ナノマシンであった……。

「……で、今からケラゴンを呼ぶの？　少し時間が掛かるわよ？」

「いえ、別口を当たります」

「別口？」

マイルの返事に、怪訝(けげん)そうな顔をするレーナ。

「はい。ケラゴンさんが帰る前に、言われていましたよね。『**この大陸にある古竜の里に挨拶のために顔を出してから、旧大陸の古竜の里に戻る**』って……。

そして私には、ケラゴンさんから貰った、名誉古竜と名誉評議委員を名乗れる証の、竜の宝玉(ドラゴンボール)があります。ということは……」

「『「この大陸にも古竜がいて、旧大陸の古竜との親交がある！　そして、頼みを聞いてくれる可能性は、割と高い!!」』」

そう、かなり期待できそうなのであった。

「では、早速……」

（ナノちゃん、お願い！）

【……分かりましたよ……】

かなり不満そうではあるが、仕方ない、というふうに、マイルの頼みを聞いてくれるナノマシン。

【ここから一番近い古竜の里に、映像と音声を送ります。交渉は、御自分で行(おこな)ってください】

（分かった！　ありがとう、ナノちゃん！）

【…………】

マイルに頼られ、礼を言われるのは嬉しいが、通訳の仕事を古竜に奪われるのは面白くない。

そんな複雑な思考ができるナノマシンであるが、それは言葉にすることなく、マイルに頼まれた仕事を忠実にこなした。

**【ここから最も近い場所にある古竜の里に、双方向で映像と音声の伝達回線を形成しました。どうぞ、お話しください】**

そして、マイルの前にスクリーンが開いた。そこに映っているのは……。

**『グルル！　グラ、ゴロレリス、ゴルラ!!』**

驚いた様子で何やら叫ぶ、古竜達の姿であった。

どうやら、古竜達が集まっている場所の少し上空にスクリーンが形成されたようである。

「あ〜、そりゃ、突然謎の画面が現れたというだけで、最初からヒト種の言葉を喋ったりはしないですよね……。

私達は、ヒト種、人間です！　今、魔法で遠くから話し掛けています。代表者の方はおられますか？」

マイルの呼び掛けに、ますます混乱が広がっている様子の、古竜達。

そして、しばらくして、その中の1頭の古竜が話し掛けてきた。どうやら、この中で最上位の立場の者らしい。

『人間が、許可もなく我ら古竜に話し掛けるとは、何たる無礼！』

「「「「あ～……」」」」

この大陸の古竜は、旧大陸における『赤き誓い』の活躍のことも、マイルのことも知らないはず。

ならば、この反応は、至極当然のものであった。

……しかし、マイル達には、武器がある。

「あの、別の大陸から来た、ケラゴンさんという古竜をご存じありませんか？」

『……何？　で、では、まさかお前達が、ケラゴン殿が言っていた……』

マイルの言葉を聞いた途端に、かなり動揺した様子の古竜。

まだ若造であるケラゴンに『殿』を付けているのは、他の大陸にある氏族からの表敬訪問とみなされ、使者扱いだからであろう。

「ケラゴンさんが何を言ったかが分からないので、それが私達のことかどうかは分かりませんが、ケラゴンさん達の氏族から名誉古竜の称号をいただいたのは、私です」

これで、一応話は聞いてもらえるはず。

そう考えたマイルであるが……。

『あ、あの、戦士隊を打ち負かし、神の命を受けて、東の大陸に住む我ら古竜の氏族が造物主様から賜った使命を果たすことに協力したという、神の使い、「名誉古竜マイルと、その下僕達」かっ！』

『「「誰が下僕かっ!!」」』

　レーナ達、激おこである。

『そして、戦士隊と評議員の爪と角に飾り彫りをして、雌達からモテモテになるようにしたという、あの……』

「個人情報、ダダ漏れですやん！　ケラゴンさん、いったいどこまで私のこと言い触らしてるのですかっ！」

＊　　＊

『……分かった。では、すぐにそちらへと向かおう。ゴルバ村の近くにある、人間共が「入らずの森」と呼んでいるところだな？』

「あ、ハイ。よろしくお願いします……」

　そして、通話のための回線を閉じた、マイル。

「う～ん……」

「どうしたのよ？」

　話がトントン拍子に進み、喜ぶべきところなのに、マイルは何やら思案している様子。

　狼達も、どうしたのかな、と、新入りであるボスの愛人の様子に、少し心配そうな顔をしている。

「いや、だから、私は狼の愛人にはなりませんよっ！」

狼達の様子に、何となく状況を察したマイル。

「というか、さっきのマイルの魔法を見てもあまり驚いていないよね、狼達……。

いくら魔法の窓越しとはいえ、古竜の姿が見えていたというのに……。

実際には近くにいるわけじゃないから、魔力とか威圧感とかが感じられないからかなぁ……」

メーヴィスが言うとおり、狼達にもスクリーンは見えていたはずなのに、あまり動じた様子がない。

「それもなのですけど、あの古竜さん、『ゴルバ村』とか『入らずの森』とか、ご存じでしたよね？

普通、古竜さん達って、人間の街や村の名前とか、人間が勝手に付けた地名とかは覚えようともしませんよね。自分達が付けた名前しか使いませんから……。

そもそも、自分達の呼び方にしても、『西の街』とか、『湖の側の森』とかいう感じで、固有名詞はあまり使わないそうですし……」

「「「あ……」」」

勿論、レーナ達もそれくらいのことは知っている。

なので当然、マイルが言わんとしていることにも気が付いた。

「あの古竜達、この辺りのことに特別な関心を持っている？」

「だから、あんなに簡単に頼みに応じてくれたのか……。普通、人間に通訳を頼まれて、ホイホイと引き受けるような古竜なんか、……あ、ケラゴンさんを除いて……、いないよね？」

「そして、『すぐにそちらへと向かおう』とか言ってましたよね？　『向かわせよう』じゃなくて。……それって、下っ端を寄越すということじゃなくて、あの場で一番上位らしかったあの個体が、自分で行く、ってことじゃあ……」

「「「………」」」


「古竜さんが来れば、直接聞けば済むことですよ！」

「まぁ、それはそうなんだけど……」

マイルの言葉に、一応の納得の返事をするレーナ。

そして……。

【古竜に通訳をさせると言っても、狼と古竜の間を思考波の解析により意思疎通させるのは我々なのですから、狼とマイル様の間を通訳するのが、狼と古竜の間の通訳と古竜とマイル様の間の会話になるだけで、余計な手間が挟まるだけですよね……。何の意味もないですよ……】

間に古竜を挟んでも、結果的には、ナノマシンが通訳したことになる。

しかし、表面上は古竜が通訳したように見え、マイルが直接会話するのも、通訳に対して感謝するのも、その相手はナノマシンではなく古竜になる。

【…………】

そして、それが面白くない、ナノマシン達であった……。

＊　＊

**どしん、どしん！**

洞穴の外で待っていた『赤き誓い』と狼達の前に、２頭の古竜が着地した。

一応、人間達が騒がないように配慮したのか、かなりの低空飛行で来たようであった。

古竜が森の上空に来たらファイアーボールを打ち上げるかナノマシンに頼むかしてこの場所を知らせるつもりであったが、なぜか迷うことなく真っ直ぐにここを目指して飛んできたため、何もせずに済んだ。

そして、なぜか狼達はあまり動じた様子がない。

普通、魔物や動物達は、古竜がいきなり目の前に着地すればパニックに陥って、死にもの狂いで逃げだすのが相場であろうに……。

「……探索魔法の類いでも使っているのでしょうか？」

そう疑問に思うマイルであるが、自分に思い付けたことなので、人間より頭が良く、最低でも魔法権限レベルが2であり長生きしている古竜であれば、それくらいの魔法は思い付いても何の不思議もない。

そして、2頭のうちの身体がやや大きい方……偉い方だと思われる……が、マイルに向かって話し掛けた。

『お前がマイルとやらか。ケラゴン殿の話によると、造物主様の命令に従い活躍したということであるから、お前の頼みを聞いてやらなくもない。

……だが、その代わり……』

「その代わり？」

『我の爪と角に飾り彫りをするのだ……』

「「「**こっちでも、それか〜〜いっ！　それが目当てで、自分が来たんか〜〜いっ!!**」」」

＊　　＊

旧大陸の古竜達と違い、この古竜は、マイルを極端に持ち上げることはしなかった。

それも無理はあるまい。

旧大陸の古竜達は、マイルの実力をその目で見ているし、マイルは自分達が造物主に与えられた使命を果たすための原動力となってくれた。……そして、神の使徒であることを皆の前で証明して見せたのである。

それに対して、この古竜にとってマイルは、他大陸の氏族の使いである若造が熱に浮かされたかのような顔で熱弁を振るって説明した、とても正気とは思えないような与太話に出てくる、どう見てもただの下等生物に過ぎなかった。

なので、古竜である自分が下手に出るどころか、何らかの配慮や敬意を示す必要があるとは考えてもいなかった。

……そう、マイルは他の氏族になぜか気に入られただけの、愛玩動物枠の生物であり、同種族の中で危害を加えられることなく自由に振る舞えるようにと、氏族の者達が冗談半分で『名誉古竜』の称号を与えてやり、下等生物共に『**我ら古竜と共に戦った者だから、敬ってやれ**』とでも言ったのであろう、と……。

しかし、遣いの若造の、あの角と爪。

……その、カッコ良さ！

そして若造が言っていた、『**雌達にモテ過ぎて、大変**』という、困ったような振りをしてはいたが、明らかに自慢である、あの巫山戯たドヤ顔。

……どうやらこの古竜は、それを聞き流すことができなかったようである。

そして事実、雌達があの若造の角と爪を見てざわついていたのである。

こんな機会を逃す手はなかった。

……当然のことである。

「分かりました、それくらいなら、お引き受けします。
……あの、そちらの方も？」

マイルが、やや小柄な古竜の方を向いてそう言うと、大きい方はほんの少し考えた後、告げた。

『……うむ、そやつにも彫るがよい』

一瞬、自分にだけ彫らせて雌達の人気を独り占め、という考えが浮かんだようであるが、さすがに、そこまで狭量ではなかったようである。

まぁ、自分が供の者として使っているのだから、贔屓にしてやっているお気に入りの者なのであろう。

こういう心遣いが、部下の忠誠心を上げるのに役立つのであろう。

「分かりました。では、お願いしていた件ですが……」

『うむ。それについては、ザルムが行う』

どうやら、雑務は下っ端に任せるらしい。

いや、それは当然のことであろう。そのために部下を連れてきたのであろうから……。

そして、大きい方の言葉を受けて、ずいっ、と進み出た小さい方……、ザルム。

『ザルムだ。シルバ達との通訳をすればよいのだな？』

「……あ、ハイ、よろしくお願いします……、って、シルバ達？　この狼達の種族名なのですか、その『シルバ』というのが……」

頭の上にはてなマークを浮かべたマイル達に、ザルムが説明してくれた。

**『そこの白いのが、シルバだ』**

「……え？」

「「ええ？」」

**「「「「えええええええ～っっ!!」」」」**


「ど、どうしてザルムさんが、ここの狼の個体名を知っているのですかっ！」

わけが分からず、動揺するマイルであるが……。

**『あ、いや、個体名というわけではなく、この群れの統率者の呼び名というか、役職名というか……、とにかく、代表者のような立場の者をそう呼ぶのだ。**

**今代はまだ幼生体のようであるな。おそらく、親が早死にしたのであろう……』**

「いえ、それでも同じですよっ！　どうしてそんなこと知って……、って、今はそんなこと関係ないですよね。それは後回しにして、とりあえず、通訳をお願いします」

**『うむ。聞きたいことを言うがよい』**

大きい方の古竜は、雑事はザルムに丸投げして、完全に我関せずの態勢である。

そのため、マイルもそちらは無視して、ザルムとの会話に集中している。

「では、こう聞いてください。東の方にある人間の村に行って、家畜を襲いましたか、と……」

『……え？』

それを聞いて、怪訝そうな顔をするザルム。

人間には古竜の表情は分かりづらいが、マイルには、何となく雰囲気で分かるようである。

……人間の感情の機微には疎いくせに……。

しかし、思わぬ内容であったため疑問に思っただけであろうと、マイルは特に気にはしなかった。

**『よかろう。暫し待て』**

そして、古竜と狼は、それぞれ自分達の言葉で会話した。

実際にはナノマシンを介しての脳波解析と鼓膜の振動による翻訳伝達なので、口から出る言葉など関係ないので、何の問題もない。

**『いってない。かみさまとのやくそく。とおくへいかなくてもここにえものたくさんいる、と言っておるが……』**

「「「「やっぱり……」」」」

何となく、そんな気がしていたマイル達であった。

「……で、『神様との約束』って何ですかっ！　ここに来て、新キャラ登場ですか！

造物主、先史文明人がコールドスリープでもしていて甦ったのですか!!」

そんなことを叫ぶマイルであるが、答えはすぐにもたらされた。

**『この者達が言う「かみさま」とは、我々古竜のことだ』**

「あ、ソウデスカ……」

「「「知ってた……」」」

ガックリしたマイルと、負け惜しみを言うレーナ達。

そしてマイルは、勿論、聞き逃しはしていなかった。

「……で、その約束というのは？」

そう。

それを聞かなければ、始まらないのであった。

＊　＊

「……では、その昔、古竜がこの狼の一族の先祖達と村人達の仲介を行った、と？」
**『そうである。短命の者達の何世代か前に、下等生物同士、……この森の者達と人間の間で諍いが起こり、無為に傷付き、死す者が多発したのだ。**
**それを憂い、慈愛に満ちた1頭の古竜が和解のための仲介を行ったのである』**
古竜にとっては、人間も狼も、共に等しく『短命の者達』なのであろう……。

「おお！　下等生物のために御尽力くださる古竜様が！」

そして、話をスムーズに進めるため、古竜をヨイショするマイルであるが……。

**『うむ。我ながら、良き行いをしたものだと思う』**

**「「「「アンタのことか～～い!!」」」」**

どうやら、ザルム自身のことのようであった。

おそらく、ケラゴンのように、下等生物の相手をするのが好きなのであろう。

人間が、猫やハムスターと遊ぶのが好きなように……。

確かに、人間や狼達にとっては何世代も前のことであっても、古竜にとっては、ほんの少し前のことに過ぎないのであろう。

そして、偉い方の古竜がザルムを連れてきたのは、腹心の部下だからではなく、当事者だったからのようである。

「……では、白いの……、シルバちゃんが言った、『やくそく』というのは……」

そしてマイルが、いよいよ核心に迫った質問をすると……。

**『いや、何、人間共が徐々に居住範囲を広げ、この森に開発の手を伸ばして来おってな。この森に住む獣や魔物と揉めたのだ』**

「……いや、『揉めた』って……。それ、互いの生存権を懸けた、全面戦争なのでは……」

マイル達はそう思うが、古竜にとっては、ハムスター同士が喧嘩をしているくらいにしか感じないのであろう。

『それで、我が仲介してやったところ、双方が共に退いて、和解したのだ。下等生物といえども、話せば分かるものであるな……』

「古竜に仲裁されて、食って掛かることができるような生物はいないわよっ！　たとえ、いくら不満があろうとも……」

レーナの突っ込みは、無視された。

やはり、古竜達が一目置いているのはマイルだけであり、その他は『下等生物』に過ぎないのであろう。

たまたま気が向いた時にはちょっかいを出したり遊んでやったりするが、向こうから勝手に話し掛けてきたりするのは駄目、と……。

「で、その仲介の内容というのは……」

マイルの質問に、ザルムが自慢そうに説明してくれた。

『人間共には、現在ある村より森の側には新たな村は作らぬように。そして田畑の開墾、狩りや採取は、村と森との中間点までとすること。森の者達には、同じく住処は森の中、狩りは村との中間点まで。

……そして安全のため、中間点には双方の立ち入りを禁ずる緩衝地帯を設定した。

分かりやすいよう、岩地や大木等の顕著な目印があるところを境目としたので、間違って緩衝地帯を越えることはなかろう。双方の幼生体(こどもたち)が単独で行くには、村からも森からも距離があり過ぎるしな。

森の者達は様々な種族がおり、互いに言葉は通じぬし、捕食者、被食者の関係にある者もおり、纏まりがつかぬから、森の者共と人間共、という関係の場合に限り、森の者共の中では頭が良く、群れで暮らし掟が継承される、このシルバの種族に代表を務めさせることにしたのだ。

まあ、それでも色々と問題があるかと思い、たまに我が様子を見に来てやるのだがな。

人間共が騒がぬよう、暗くなってから地面すれすれの低空を飛んでくるため、森の者共しか知らぬであろうがな……。

そうして、人間共と森の者共とは戦うことなく平和に暮らしているのだ。

……うむ、我ながら、良き行いをしたものである！』

大事なことなのか、先程と同じ台詞を繰り返した、ザルム。

「そして、私達がその人間の村の者達から、シルバちゃんとその一族を皆殺しにするよう依頼されたというわけですね……」

『なっ、何じゃとおおおぉ～～!!』

「あわわ！　声が、声が大きいですよ、ザルムさんっ!!」

マイル達もシルバ達も、さすがに古竜の大声には耐えきれず、後ろに転んだ。

そして、森中が静まり返っている。

……当たり前である。全ての虫や動物達が、住処に飛び込んでブルブル震えていることであろう。大きい方の古竜は、何とも思っていないらしく、じっとしている。

おそらく、ザルムのように下等生物の世話をしたり手を貸したり、というようなことを趣味や遊び、慈善活動のように考えてはいないため、どうでもよいからなのであろう。

『わ、我が仲立ちした約束事を。下等生物なりに、互いに相手を尊重し、平和に暮らせるようにと我が配慮した約束事を、破るとな？　……許せん!!』

そう言って、剣呑な様子でマイル達を睨み付けるザルムであるが……。

「いえいえ、私達は無関係ですよ！　ただ、港町のハンターギルド支部で依頼を受けて、その依頼内容がどうも怪しいな〜、と思ったから、調査に来たんですよ。

でないと、私達がシルバちゃん達と仲良く一緒にいたり、わざわざザルムさん達を呼んだりするわけがないですよ！」

『……それもそうであるか……。

うむ、その説明の論理性を理解して、納得した。続けよ』

「さすが、人間より優れた古竜様！　分かっていただき、感謝の極み！」

マイルも、古竜との付き合いはそこそこある。なので、ある程度の操縦法、ヨイショの仕方くらいは会得していた。

そして、港町のハンターギルド支部でボランティアのつもりで『塩漬けの依頼』を受けたこと、村での不穏な雰囲気と、何やら裏がありそうな様子。そしてどうも二分されているらしき村人達の意思。

それらを説明したところ……。

『約定を破り、森に手を出すつもりの村の上層部と、それに反対する者達との対立か。そして、ギルドとやらに虚偽の依頼を出して、強引にシルバ達の一族を全滅させようとした、というところか？』

「「「「ですよね～!!」」」」

どうやら意見の一致を見たらしい、『赤き誓い』とザルム。

『しかし、なぜそのような無謀な真似を？　我らが関わった約定を破るなどと、怒った我らにより村が殲滅されるのは分かり切ったことであろうが……』

（（（（あ～……））））

その理由に心当たりがある、『赤き誓い』一同。

「あの～、さっきザルムさんは、『人間共が騒がぬよう、暗くなってから地面すれすれの低空を飛んで』って言われましたよね？　それってつまり、ザルムさんがずっと約定が守られているか見守り続けてくださっているのを知っているのは森の住民達だけで、村の人間達は最後にザルムさんの姿を見てから何世代も過ぎている、っていうことはないですか？

なので、約定の仲介をされた古竜はその時限りの気紛れであり、その後は無関係になった、と思っていたり……」

『あ……』

「そして更に、言い伝えは村長の一族のみに伝えられるとか、次世代に伝える前に前任者が事故死したとか、空想や妄想や願望が加わって言い伝えの内容が原形を留めぬまでに変容してしまったとか、様々な理由で、正しい情報が失われてしまったとか……。

それでも、村全体として『森には手を出すな』、『狼、特に白い狼には敵対してはならぬ』とかいう部分は言い伝えが残っているとか……。

というか、その部分は村人全員に教えておかなくちゃ駄目ですから、当たり前か……。

そして、理由が忘れ去られた言い伝えより森から得られる利益の方を優先しようという話になって、それに賛成する者達と、反対する者達に分かれた、と……」

「あ！　それが、私達に敵対的だった村人達……」

レーナの指摘に、こくりと頷くマイル。

『ふむ。下等生物としては、なかなか頭が回るな……。

……しかし、約定を守ろうとしている者もいるのであれば、ブレスひと吹きで村ごと焼き払うわけにも行かぬか……。どうしてくれよう……』

（（（（………））））

ヤバい、と、顔を引き攣らせたレーナ達。

いくら自分達を騙して虚偽の依頼を受けさせようとしたとはいえ、一部の者達のせいで村ごと全員が、女子供も含めて全滅するのは見たくない。

ザルムもそんなつもりはなさそうではあるが、古竜のことである。更に腹を立てることがあったり、面倒になれば、纏めてひと吹き、とかいうことになっても何の不思議もない。

面子を潰された古竜の怒りは凄まじいと聞いているし、この古竜には怒るだけの理由がある。

いったい、どうすれば良いのか……。

うむむむ、と考え込むレーナ達であるが、そうそう良い考えは浮かばない。

そして、困った時のマイル頼み、とばかりに、レーナ、メーヴィス、ポーリンの視線がマイルに集まった。

「実は、悪い連中を懲らしめて、二度と約定を破ろうなどと思わなくさせるための案があるのですけど……」

マイル、やはり役に立つヤツであった。

# 第百二十九章　約定

『ふむ、なる程、面白そうであるな！』

古竜は、長い生で退屈を持て余す種族である。

そして、その中で『下等生物に関わることによる楽しみ』を見いだした、ケラゴンと同類である、ザルム。

なのでマイルは、ザルムが乗ってくるだろうと予想しており、その狙いは当たった。

「では、この作戦で……」

『待て、その前に、我から言いたいことがある』

偉い方の古竜が、横から何やら口を挟んできた。

どうやら、下等生物に対して自分から名乗るつもりなど皆無のようである。

下等生物側から名前を尋ねたりすれば怒らせることになるかもしれないので、これはもう、『偉い方』とか『大きい方』とかいう脳内呼称のままにして、口では相手を呼ぶ言葉は避けるようにするしかあるまい。

そして、その『偉い方』が言うには……。

『まず最初に、我の角と爪に飾り彫りをするのだ！』

「「「「あ～、ハイハイ……」」」」

それが終われば、この個体は『用は終わった』と言って帰るのではないか。

そう思い、マイルはさっさと飾り彫りを終わらせることにした。

既に、古竜への飾り彫りには充分な経験を積んでいるため、今更どうこうということはない。

それに、もし出来が気に入らなかったとしても、古竜の爪や角は、抜けばまた生え替わるらしいのである。なのでマイルも、比較的気楽に彫れるのであった。

これが、一度彫れば一生そのまま、とか言われれば、マイルももう少し躊躇したかもしれない。

何しろ、古竜の一生は、とても長いのである。自分の若かりし頃の未熟作が何千年も残り続けるなど、芸術家にとっては、苦痛以外の何ものでもないであろう……。

＊　＊

「……というわけで、恒星からの光のエネルギーを集めて、敵の侵入路に向けて放ったのです！」

『『…………』』

爪を彫りながら、古竜達と話しているマイル。

何時間も無言で彫り続けるというのは、マイルにとって、あまりにも心理的なハードルが高かった。

前世での海里の時には、初対面の者と話すこともかなりハードルが高かったのであるが、それでも、他者とこれだけ密着していながら無言でいることは、それとは別種のキツさがあった。

それで、世間話兼情報収集として色々と古竜から話を聞いていたのであるが、偉い方の古竜から『こちらばかり話すのはおかしい。お前のことも話せ』と言われ、こうなっているわけである。

普通、古竜が下等生物の一個体について興味を示すことなどない。

ましてや、その世間話など、興味もなければ、理解すらできまい。

なので当然、マイルの話は、旧大陸における古竜達との関わりや、あの最終決戦についての話に限られた。

そしてその話を聞いていた2頭の古竜は、人間にはよく分からないものの、何とも言えない、微妙な顔をしていた。

他の大陸に住む氏族からの遣いである、ケラゴンという若い古竜から、一通りの話は聞いていた。

……しかし、それは到底信じられるようなものではなかった。

神の御使い。

造物主から託された使命の成就。

それが、このようなひ弱な、下等生物の雌によって……。

……信じられるわけがない！

認められるわけがない!!

そしてあの若者は、古竜の身でありながら、この下等生物(にんげん)を崇拝するかの如き言動を……。

そのため、全てを自分の目で確かめるためにと、高貴な身分である自分が、わざわざ直接来たのである。

なのに……。

「ここ、もう少し鋭くした方がカッコいいと思うのですけど、その代わり、ちょっと強度が落ちるかもしれません。このままにしますか？」

『……削ってくれ』

「分かりました！」

そして、しゅっ、しゅっと軽(かろ)やかに古竜の爪を削る少女。

《あり得ん……。あり得るものか……》

鉄でも岩でも、あらゆるものを引き裂く、古竜の爪。

それを、軟らかい木片をナイフで削るより容易(たやす)く、削る。

あの、遣いの若者から聞いてはいた。

そして、その証拠の爪と角を詳細に見せてもらった。

……しかし、それでも半信半疑、いや、信じられなかった。

しかし……。

もし今、この下等生物の少女が、その手に持った刃物を、我が心臓に突き立てたなら……。

《あり得るものか……》

そして、あの若者の言葉が、じわじわと脳裏に染み渡っていった。

《マイル様には、決して敵対してはいけません。あのお方は、人間ではありますが、決して古竜の敵ではありません。全ての生物に慈愛の心を抱かれる、まさに神の御使い様なのです……》

『あり得るものか……』

「え？　どうかしましたか？」

『いや、何でもない……』

思わず、考えていたことを口に出してしまった、古竜。

《あり得るものか……》

＊　　＊

「こんな感じで如何でしょうか？」

『う……む……、悪くはない……』

そんな言い方をしているが、古竜の顔がにやついている。かなり気に入っているようであった。

『では、次に角を……』

「あ、待ってください。もうひとり……ひと竜の方の爪を先にやりたいのですが……。

爪と角を交互にやると、感覚が狂いそうな気がして……」

『む……。技術者や芸術家はそういうものだと、昔、人間に聞いたことがある。好きなようにせよ』

「はい、ありがとうございます！」

驚いたことに、偉い方の古竜は、昔人間とそのような話をしたことがあるらしい。

……そして、かなり寛容なところがある。

（この人……竜も、そう人間が嫌いというわけじゃないのかな……）

マイルはそんなことを考えているが、ミジンコが好きだという人間も、嫌いだという人間も、あまりいない。それと同じで、古竜が下等生物に対してわざわざ好悪の感情を抱くことなど滅多にないのであろう。そして、その他の感情も……。

……しかし、滅多にない、ということは、たまにはある、ということであった。

＊　　＊

『『…………』』

無言で、マイルが光学的な操作によって創ってやった巨大な擬似姿見に見入っている、2頭の古竜。

……気に入ったようである。

あの後、慣れて腕が上がってから偉い方の角を、という説明をして、若い方……、ザルムの爪と角を先に彫り、その後、偉い方の角を彫ったのであるが、マイルのその説明がまた、古竜を感心させていた。

古竜に言われれば、いくらそれが間違っていようが、もっと良い方法があろうが、異を唱える生物など存在しない。

古竜にとってそれは、自尊心を満足させてくれはするかもしれないが、ずっと、毎回そうであれば、つまらないであろう。

しかし、古竜を不愉快にさせたい生物など、いるはずがなかった。

だが、この下等生物(にんげん)は、偉い方の古竜に『自分を先にしろ』と言われた時に、それに堂々と反論した。

それも、生意気な反抗心からではなく、年配の者に若い者より良い細工をするために。

そんな拘り(こだわ)と心遣いのために、平然と古竜を怒らせる危険を冒す。

黙っていれば、出来の良し悪しなど分からないというのに……。

……馬鹿である。

古竜は、そう思った。

しかし、馬鹿と『愚か』とは違う。

そして古竜は、そういう馬鹿は、そう嫌いではなかった。

《このまま帰るのは、何か、惜しいという気がするな……。

どうせ退屈を持て余しているのだ、ザルムと共に、最後まで見届けるのも、また一興……》

＊　　＊

「……では、いよいよ、作戦準備に入ります。

まずは、犬ぞり、いやいや、狼ぞりを作るところから……」

そして、古竜への報酬が終わった今、マイルのターンが始まろうとしていた……。

＊　　＊

「大変だあぁ！　魔物の暴走だあああぁ!!」

村の外柵の見張り番が、血相を変えてそう叫びながら、村の中心部へと駆け込んできた。

「「「「「えええええええええ～～っっ!!」」」」」

村人達が悲鳴を上げるが、どうしようもない。

これが王都から来た調査団による知らせとかであれば、まだやりようもある。

防備を固めるなり、どこかへ避難するなり……。

しかし、外柵の見張り番が視認したというのでは、知らせと魔物の到着までの時間差は、僅か数秒しかない。良くて十数秒であろう。

そんな短時間では、家に入って扉を閉めるのが精一杯である。

そして魔物の暴走の前に、粗末な木造の家など、濡れた障子紙ほどの防御力もない。

（（（（（終わった……）））））

村の者達がそう考え、全てを諦めた時に、ソ、ソレが、……いや、ソ、ソリがやってきた。

……一台の、ソリ。

それを牽く、数頭の犬……ではなく、狼。

更にその後ろに続く、二十数頭の狼達。

そしてソリの上には、見覚えのある４人の少女達と、１頭の真っ白な仔狼が乗っていた。

どうやら、先程の『魔物の暴走』というのは、これを見間違えたらしかった。

そうと知り、ひと安心の村人達……。

「……って、安心できる要素が、欠片もないわあぁっ！」

「何だよ、この状況は!!」

騒ぐ村人達。

そして、マイルが口を開いた。

『悪い村長はいねが～！　悪い顔役はいねが～！』

**「「「「ぎゃあああああああ～～!!」」」」**

＊　＊

「……で、狼達から話を聞いた、と？」

あの後、村人の殆どが集まった広場で、『赤き誓い』と村長、村の顔役達との話し合いが行われていた。

建物の中だと狼達が入れないし、村長一派と対立している者達や、その他の中立の者達も立ち会いを要求して退かなかったため、話し合いの場所をここにせざるを得なかったのである。

……そういうわけで、今ここには、村人の大半が集まっているのであった。

当初は狼達を怖がっていた村人達も、マイル達に従順な様子や、群れのボスと思われる白い仔狼がマイルの隣にちょこんと座っている様子から、まだ完全に警戒心を解いてはいないものの、一応は落ち着いた様子である。

「その通りです！　狼達は、『にんげんのむらには、いっていない』って言っています。ハンターギルドに虚偽の依頼を出すということは、ギルドを騙し、ハンターを危険に陥れるという重罪です。罰金や叱責程度で済むような問題じゃありませんよ。ギルドからの罰則だけではなく、ハンターを故意に危険に晒したということで、殺人未遂。官憲からの逮捕・犯罪奴隷の対象ですよ」

マイルの言葉に、ぎょっとした様子の村長と顔役達。

それくらいのことは、当然、子供でも知っていることである。

「い、いや、しかし家畜の被害が……」

必死でそう言い募る村長であるが……。

「あれれ～？　おかしいなぁ～」

マイルが、ウザそうな言い方で、その言葉を遮った。

「『入らずの森』には、狼達が狩るのに適した動物や魔物が、たくさんいましたよ。なのに、わざわざこんな遠くまで狩りに来る必要があるとは思えませんよねぇ……。それに、私達がこの村に来た時に説明してくださいましたよね？　夜のうちに家畜が毎回１頭ずつ殺されて、翌朝、死体が残っている、って……。

おかしいですよね？

これだけの群れで、毎回1頭ずつ？　しかも死体を引きずって持ち帰らない？

巣には仔や、それを護るために残った雌とかがいるのに……。

それって、本当に森から来た狼や魔物達の仕業ですか？」

「「「「「……………」」」」」

黙り込み、顔色が悪くなってきた、村長一派の者達。

そして、マイルが言わんとしていることが理解されてきたのか、他の村人達の顔には、怒りの表情が浮かび始めている。

「な、何の証拠があって、そのようなことを……」

「じゃあ、家畜を襲ったのが人間ではなく、狼達だという証拠を出していただけますか？

まさか、何の根拠も証拠もなく狼達の仕業だと言い張って、ギルドに虚偽の依頼を出されたなどということはありませんよね？」

村長の反論は、マイルによって叩き折られた。

「それに、そもそも本人……本狼達によって、それは完全に否定されていますから、議論するまでもありませんけどね」

（ここだ!!）

非常にマズい立場に追い込まれつつあった村長は、起死回生のチャンスを摑んだ。

相手がミスを犯し、虚言を口にした。

ならば、そのひとつの虚言を暴きさえすれば、他の部分も全て虚言だと言い張れる。

そう考えた村長は、迷わずそこを衝いた。

「狼の言葉など、分かるものか！　つまり、お前が言っていることは全て嘘、でたらめだということだ!!」

……にやり。

マイルの口の端が、少し歪んだ。

そう、それは、『わざと作られた穴』なのであった。

村長が『この、ひとつの嘘さえ暴ければ』と考えたのと同じく、逆から見れば、『自信たっぷりに反論してきたものが、完膚無きまでに叩き潰されれば』ということである。

「いいえ、ちゃんとお話しできますよ？」

「では、それをここで証明してもらおうか!!」

どうしようもあるまい、と勝ち誇る村長。

そして……。

「いいですよ。じゃ、証明しますね」

「え？」

ぽかんとする村長を無視して、マイルが叫んだ。

「ザルムさん、出番です！」

ここには、そんな名の者はいない。

なのでマイルのその言葉は、村長達には何やらわけの分からない独り言にしか聞こえなかった。

そして……。

**【ハイハイ、分かりましたよ！】**

少し不満げに、それを村の近くで待機しているザルムに伝達するナノマシン。

その数秒後、広場の上空に2頭の古竜が現れた。

そして、真っ直ぐに降下して、広場にふわりと着地。魔法による重力制御なのか、周囲の村人達が吹き飛ばされるような翼による風は起こらなかった。

そう、超低空を飛行して人間に見つからないよう村に近付き、その後は静かにゆっくりと歩き、至近距離まで来て潜んでいた2頭の古竜達である。

**「「「「うわあああああぁ〜〜!!」」」」**

パニックに陥り、叫び声を上げるものの、皆、身体がガクガクと震えるだけで、誰も動こうとはしなかった。

……無理もない。逃げ出そうにも、もし古竜が襲い掛かって来れば、とても人間の足で逃げ切れるものではない。

それに、村人達にとっての逃げ場などなく、せいぜい自宅に飛び込んで閂(かんぬき)を掛けるくらいである。

そんなもの、古竜に対しては何の役にも立ちはしない。

村人達が、村の滅亡と自分達の死を自覚し始めた時、古竜（ソレ）の1頭が口を開いた。

『**悪い人間はいねが～。悪い村人はいねが～……**』

マイルに台詞を仕込まれたザルムは、ノリノリであった……。

「あ、あわわわわわわ……」

地面にへたり込み、ガクガクと震える村長と、村人達。

逃げる、ということさえ頭に浮かばない、圧倒的強者の威圧。

古竜の前でまともに思考できる人間は、そう多くはない。それも、戦闘職ではない、ただの村人とあっては……。

そして、マイルが古竜ザルムに問い掛けた。

「古竜様、私達と狼達の通訳をしてくださいましたよね？」

『**うむ、したな……**』

「そして、狼達は村の家畜を襲ったりしていない、と証言しましたよね？」

『**うむ、したな……**』

「狼達は、古竜様に嘘を吐くような知能も度胸もありませんよね？」

『**うむ、ないな……**』

マイルは、村長達の方へと向き直った。

「以上、『証明終了』です！」

「「「「「…………」」」」」

……終わった。一瞬のうちに……。

自分が言っていることが正しいと証明するために古竜を呼び付ける者が、どこにいると言うのか。

普通は、下等生物につまらない用事で呼び付けられて怒り狂った古竜によって国が滅ぼされるという危険を冒すくらいなら、黙って冤罪を受け入れる。

それが、常識を弁えた人間が取るべき行動である。

なのに、マイル達は平然と古竜を呼び付けた。

……しかも、２頭も。

そんなイカレた連中には、逆らってはならない。

怒らせてはならない。

この国が灰燼に帰すことを防ぎたいならば……。

村の実権を握る？

森の資源を得て金儲け？

とんだお笑いであった。

このちっぽけな村どころか、領が、そして国が滅ぶというのに、それに何の意味があると言うのか……。

『ところで、我からひとつ聞きたいことがあるのだが』

「へへぇ～～っっ!!」

自分に向かって古竜からそう言われた村長には、土下座してそう言うのが精一杯であった。まともな言葉など、出せるわけがない。

『数百年前に、我が森の者達と人間の間の諍いを仲裁して、不可侵の約定を結ばせた。なのに、なぜその約定を破ろうとした？　なぜ約定を結ぶ時の立会人であった我の顔を潰すような真似をした？』

話は、そこで中断した。

村長と、その一派の者達の大半が、泡を吹いて気絶したので……。

＊　　＊

「……というわけで、森の獣や魔物達は、『こりゅうこわい。にんげんのところへいってはいけない』という簡単な言い伝えを全員が知っているけれど、人間の方は一般の村人達には『入らずの森には立ち入ってはならない』ということだけ伝え、詳細は村長と長老だけが口伝で伝えていたところ、それがいつの間にか失伝してしまったようですね。

まぁ、年寄りはいつポックリ逝くか分かりませんから、長い年月の間には、次代に伝える前に村長と長老が同時に、もしくは立て続けに亡くなって、ということがあっても、何の不思議もありませんからね……」

確かに、いくら狩りには行くことのない年寄りであっても、流行り病や食中毒等、同じ原因でほぼ同時に死ぬことなど、そう珍しくはないであろう。

そしてそれが、不幸にも村長と長老であることも……。

「そしてまぁ、何となく『あの森には入っちゃなんねぇ』という漠然とした言い伝えだけが残り、そのうち『多分、危険な魔物がいるから入らないようにとの言い伝えがあるのだろう』、『ハンターを雇って危険な魔物を退治すれば、森の資源を……』とかいう話になって、言い伝えを守ろうとする派と森の恵みを得たい派とで対立、ということになったんじゃないかと……。

なので、ザルムさんの顔を潰そうとしたのではなく、約定の存在そのものを知らなかったのではないかと……」

マイルの説明に、うむむ、と唸る古竜、ザルム。

『人間は世代交代が早いということは認識しておる。

森の者達は簡単な言い伝えを皆が共有しているから、失伝せずに済んでいるわけか。

意図して約定を破ったり、我の顔を潰そうとしたわけではないらしいことは理解した。

『……では、以後はきちんと約定を守るというのだな？』

「「「「「へへえええええ〜〜!!」」」」」

そして、新たに森の者達と人間との不可侵の約定を確認し、古竜達がそろそろ帰りそうな様子を見せた時……。

ソリを牽いていた狼のうちの1頭が、レーナに身体をこすりつけてきた。

「きゃっ！　……よしよし、別れるのが寂しくなっちゃったのかな？」

そう言って、狼の身体をがしがしと撫でてやるレーナであったが……。

『背中が痒かっただけだと言っておるぞ？』

「…………」

そして、マイルの顔をぺろぺろと舐める、白い仔狼。

「お〜、よしよし！」

『舐めるとしょっぱくて旨い、と言っておるぞ？』

「…………」

「「余計なことまで通訳するなぁァ!!」」

「「………」」

動物とは、言葉が通じない方がいい。

そう思った、メーヴィスとポーリンであった……。

＊　＊

そして狼と古竜達は、帰っていった。

古竜は、マイルに『また、何かあれば呼べ』と言って……。

しかも、それを言ったのは若い方、ザルムではなく、年配の方の古竜であった。

「マイル、気に入られたみたいだね……」

「「「………」」」

メーヴィスの言葉に、げんなりとした顔のマイル、レーナ、そしてポーリン。

「ま、いつものことよね……」

「いつものことですよね……」

「何ですか、それはっっ!!」

そして、やれやれ、という顔の村人達。

　そんな生易しい状況ではなかったのであるが、おそらく、実感が伴っていないのであろう。

　村長一派も、古竜に詰問されていながら無事生き延びられるという、神話かお伽噺並みの奇跡に、地面にへたり込んだままではあるが、滂沱の涙を流しながら神に感謝の祈りを捧げていた。

　……まだ、全然危機から逃れてなどいないというのに……。


「さて、村長さん」

　マイルの言葉に、え、という顔をして泣き止んだ、村長。

「さっきは古竜さん達にこの国が滅ぼされないようにとああ言いましたけど、……村長さん、あなた、約定のことを知っていましたよね？」

　マイルの言葉に、ぎくり、という表情を見せた村長。

「な、なぜ……」

「だって、村長さん、私達への指示で、狼の殲滅、特に白い狼を殺すこと、って言ったじゃないですか。それって、森の住人である魔物や動物達の人間に対する代表が彼らだと知っていないと出ない指示ですよね。

　森には、熊系を始めとする様々な危険な野獣や、色々な種類の魔物がいるというのに、なぜか狼を指定。しかも、まだ仔である白い狼を最重要視。

　これって、彼らを潰して約定の存在を消し去ろうという以外に、何か目的があるのですか？」

「…………」


「それに、強硬な反対派の存在。

　それって、『入らずの森には手を出してはならない』という、強い禁忌の感情が根付いているということですよね。

　もしそうでないなら、行きたい者が危険を承知で勝手に行って、勝手に死ねばいいだけですから。

……まぁ、それすらもハンターギルドを騙して、危険をハンターに押し付けようとしたわけですけどね。

　ハンターギルドを騙しての、危険な虚偽の依頼による、受注ハンターへの殺人未遂。

古竜を怒らせるという、国の存亡に関わる危機を招いた、国賊行為。

　いくら古竜は何百年もずっと姿を見せていないと思い込んでいたとはいえ、さすがに、ただで済むとは思っていませんよね？」


「…………」


　そっと村長から離れる、村長一派の顔役達。

「いやいや、皆さんも同罪ですよ、勿論！」

　そして、村長一派からじわじわと距離を取る、他の村人達。

「いやいや、ハンターギルドや領主様、国王陛下達は、いちいち村の派閥なんか気にしませんよ。

　何々村がやらかした、って考えるに決まっています。

村長も顔役の皆さんも、村の人達みんなで決めたのでしょう？　だから村の人達みんな、一蓮托生ですよ、勿論！」

「「「「「ええええええええええ～っっ!!」」」」」

「お、お願（ねげ）ぇでごぜぇますだ!!」

村長が、そう言って土下座をしてくるが……。

「さすがに、知らなかったことにはできませんよねぇ……。

古竜が絡むこんな重大事件を揉み消して、もし後で露見すれば打ち首モノですし、こんなことをしでかしておきながらお咎（とが）めなしとかにすると、このあたりの村々に『どんな悪事を働いても、土下座すればチャラになる』とか、『ハンターギルドを騙しても、謝ればお咎めなしになる』とかいう話が広まって、とんでもないことになりますからねぇ……。

秘密は絶対に漏れますし、子供達は村の武勇伝みたいにあちこちで自慢話をして回りますし、そもそも、子供達が将来同じことを繰り返しますからね、ここで甘い顔を見せると……。

それに、約定のことと古竜のことは、報告して街の記録に残しておかなきゃ駄目ですし、私達には今回の依頼に関する顚末（てんまつ）をギルドに正確に報告する義務があります。これはハンターとしての、絶対に守らなきゃならない義務なんですよ。

ですから、ギルドにはきちんと本当のことを報告しなきゃいけませんので……」

そして、マイルに続いて、ポーリンが追加説明を行った。

「これが『森の魔物を退治してくれ』という依頼であれば問題なかったのですが、居もしない『村の家畜を襲うものの討伐』という依頼となると、存在しないものを餌にして虚偽の依頼でハンターギルドを騙し、所属ハンターを想定外の魔物と戦わせるという危険に晒したということですから……」

ポーリンの言葉に、ごくりと生唾を呑む村人達。

「それって、どういうことになるのかな？」

メーヴィスの問いに、にやりと不気味な嗤いを浮かべて答えるポーリン。

勿論、この大陸に来てハンター登録した時にそのあたりは説明されているので、メーヴィスもそれくらいのことは知っている。

これはただ、村人達に聞かせるための手続き的なものである。

「虚偽の依頼により、故意にハンターの命を危険に晒した場合。……第一級ハンターギルド敵対行為と認定されて、大陸中の全ギルド……ハンターギルドだけでなく、傭兵ギルド、商業ギルド、職人ギルド、海運ギルド、医療ギルド、その他あらゆるギルドが犯人達と敵対関係となります。

普段はいがみ合っているギルド同士であっても、『ギルド』という組織、制度そのものに喧嘩を売る者が現れた場合、それは『全てのギルドの敵』として扱われるのです。ギルドというものの権威を守り、真似をする馬鹿が現れないように……。

もしこの村が『ギルド』という組織、仕組み、体制に対する敵対者だと認定されれば、もうこの村にはハンターも、行商人も、巡回の医師や薬師も、薬草売りも、流しの刃物研ぎ、鋳掛け屋、その他諸々が来ることは二度とありません。

港町に農作物や狩った魔物の肉とかを運んでも、ギルド関係者は誰も買わないし、宿屋も泊めてくれないでしょうね。

……ギルドを敵に回すということは、そういうことなのですよ……」

「「「「「…………」」」」」

蒼白の、村人達。

「……儂らは、依頼主じゃぞ！　お前達は儂らに雇われている立場じゃ！　なので、儂らの指示通りに動くべきじゃろう！

狼を退治しなかったということは、契約違反じゃ！　このことをギルドに訴え出て、古竜が出たとかいう荒唐無稽な言い訳をして村を脅し大金をせびろうとして、儂らがそれを断ったら、わけの分からないことを言い出した、と申告するぞ！

新米ハンター4人と、村長以下、村人全員の証言。果たして、ギルドがどちらを信用するかな？

素直にこのまま引き下がるなら、依頼完了報告書にサインしてやろう。

依頼達成ということで、何もせずに当初の予定通りの報酬が貰え、依頼完遂の実績となるのであるから、悪い話ではなかろう！」

「あ〜、まだそんなことを言うんだ……」

「往生際が悪いわね……」

村長の悪あがきに、呆れた様子のメーヴィスとレーナ。

そして……。

「はい、私達は依頼を受けたハンターですから、勿論、依頼書の通りの仕事をしますよ。当然のことです！」

そう言って、にっこりと微笑むマイルと、それを聞いて、同じく微笑むレーナ達。

「そして依頼内容は『家畜を襲うものの討伐』ですから、家畜を傷付け、殺していた者、つまり村長さん一味の討伐、ってことですよね？」

「……え？　えええ？」

「「「ええええええええ〜っっ!!」」」

マイルの、あまりにもあんまりな解釈に、呆然とする村人達。

そして……。


ざっ……。

魔物の暴走（スタンピード）だと思って、広場に集まっていた男達の多くは武器となる鍬（くわ）や鎌（かま）を手にしていた。

その男達が、その武器代わりの農具を握り締めたまま、怖い顔をしてマイル達を取り囲んだ。

「仕方ない。では、ここで死んでもらうしかないのぅ。

若い女ばかりの実力不足のハンターが、身の程を弁えぬ難度の依頼を受けて失敗し、森から戻ってこなかった。ただ、それだけのことじゃ……。

さすがに、古竜様の御機嫌を損なうわけにはいかぬから、森への手出しはできぬが、お前達がいなくなっても古竜様にはそのことは分からぬし、人間のことなどそう気にされることもないじゃろう。どこかで仕事に失敗して死んだ、ということで済むじゃろうて……」

（（（あ～～……）））

今回、村人達は『赤き誓い』の戦いを見ていない。

ただ森へ行き、狼達と一緒に戻ってきただけである。

……つまり、狼達と、たまたま森の者達の様子を見にきていた古竜達と出会い、話をして、一緒に戻ってきただけ。

そこに戦闘はなかったし、『赤き誓い』の実力を示すエピソードもない。

ただ、運が良かった小娘達が、温厚で話が分かる古竜に出会って、トントン拍子に話が進んだだけ。

……ならば、これだけの人数差であれば。

しかも、日々の農作業や木々の伐採、水汲み、狩猟等で筋骨逞しい村人達であれば、碌に筋肉も付いていない小娘ハンターなど、一捻り。

そう考えるのも、仕方ないと言えば、仕方なかった。

「……殺さないように。怪我は良し！」

マイルとポーリンがいれば、骨折や、内臓が少々イってしまっても、問題ない。

自分達を殺そうとした相手など、多少痛い目に遭わせてやっても問題ない。殺さないだけで、充分感謝してもらいたいものである。……怪我も、後で治癒魔法で治してやるのだから。

「「「了解！」」」

そして、レーナの指示に、元気に答える3人。

「……殺れ！」

そして、村長の命令で、村人達が襲い掛かった。

＊　　＊

「まぁ、当然、こうなるんですけどね……」

そう呟くマイルの前に広がる、地獄絵図。

骨折やら打撲やらで、広場に転がる村の大人達。

村人全員ではなく、『赤き誓い』に襲い掛かってきた十数人だけである。

勿論、十分な手加減をしてある。

自分達を殺そうとして向かってくる敵を手加減して殺さないように捕らえるには、彼我の実力差がかなり大きくないと難しい。

……しかし、何の問題もなかった。

殺さないように、どころか、あまり大怪我をさせないように。そして、武器として使っている農具を壊さないように、とまで配慮した、あまりにも実力差があり過ぎる戦いであった。

懲らしめるために痛い目には遭わせ、しかし怪我の程度は抑える。そのため、魔法は行動の自由を奪う方向でのみ使い、攻撃は主にメーヴィスとマイルが行った。

……剣身の側面、平らな部分で打つ、いわゆる『平打ち』である。

いくら手加減してはいても、鉄の棒で打たれるわけであるから、打撲や骨折くらいはする。

しかし、治癒魔法の使い手、それもトップクラスの能力を持つマイルとポーリンがいる以上、多少のことは問題なかった。

魔法による攻撃は怪我の程度を調整しづらい上、火傷は打撲や骨折より治りにくく、痕が残る場合がある。なので、レーナの火魔法を使わなかったのは温情である。

「コイツらは、街に連れて帰る？　全員の顔なんて覚えきれないから、このまま放置して街に戻ったら、村人の間に交じっちゃって、後で私達を自分の手で殺そうとした者が誰だったか分からなくなっちゃうわよね。

そうなったら、村の者全員が『殺人未遂犯の一味』として裁かれることになっちゃうから、この襲撃に関わらなかった人達が気の毒かなぁ、という気がしないでもないし……」

レーナの言葉に、慌ててこくこくと頷く、他の村人達。

……どうやら、実力行使に出た仲間達より、自分の身の方が大事なようである。

こういう世界の農民というものは、小狡く立ち回り、他者を利用してしぶとく生き延びるものである。

……そう、雑草のように……。

＊　＊

結局、襲ってきた連中はマイルが似顔絵を描き、無作為に選んだ村人達数人に小声でその者達の名前を喋らせた。

『嘘の名前を言えば、他の者が言った名前と違うから、すぐに分かる。その場合、嘘を吐いた者も共犯者として同じ罰を受けることになる』と説明してやると、全員の証言が一致した。嘘吐きはひとりもいなかったようである。

やはり、村のために勇気を出して実力行使に出た仲間達よりも、自分の身が可愛いようであった。

おそらく村人達は、逃げることはないであろう。

土地を捨てて逃げた農民の末路など、知れている。

そして村人達は、甘く考えているであろう。

自分達を捕らえても、誰も得をする者はいない、と。

領主様は領民が減って、農作物の収穫量、つまり税収が落ちるだけ。

ハンターギルドは、依頼を出す者が減るだけ。

この新米ハンターの小娘達は、村をひとつ潰した疫病神という悪評が付きまとうこととなる。

自分達は、ずっと真面目に働いてきた。

領民である村人達全員の証言が一致したなら、新米ハンター数人の証言など、どうとでもなる。

この場さえ凌げれば。

街の警吏が介入しても、この連中が言い掛かりをつけてきて、依頼を果たさずに村を脅して金品を要求したことにすれば。

そのような、甘いことを考えていた。

所詮は、自分達に都合良く考える、村の常識しか知らない世間知らずの集団であった……。

そしてマイル達は、村長一味や他の村人達をそのまま放置して、海辺の街へと帰還した。

ここから村長一味を連れて街まで移動するのは面倒だし、村人が土地を捨てて逃亡しても、まともに生きて行く術はない。

なので、自分達を捕らえることもなく立ち去った新米の小娘ハンター達はやはり甘ちゃんだったと侮り、あの言葉はただの脅しだったとでも考えるであろうと読み、そのままにしたのである。

村人達をどうするかは、自分達が決めることではない。

それは、そうすべき者達に任せればよい、と考えて……。

＊　＊

「ええっ！　村からの依頼が、虚偽だった？」

マイル達からの報告に、驚きの声を上げる、ハンターギルドの受付嬢。

それを聞いたギルド職員やハンター達の顔が険(けわ)しくなった。

「はい。村を襲ったという魔物も野獣も存在しませんでした。

それらは、村長とその一派による自演。そしてハンターを騙し、古竜が仲介した約定を破り『入らずの森』の禁忌を破らせようと……。そこに古竜が現れて……」

**「「「「「……待て！　待て待て待て待て待て待て待て待て待てぇぇぇっっ!!」」」」」**

ギルド中で、叫び声が上がった。

「ままま、待って！　待ってくださいっっ!!

ハンターギルド職員権限により、ここでそれ以上喋ることを禁止しますっ！

に、二階へ！　二階の会議室へ来てくださいっ！

幹部は、会議室に緊急集合！　誰か、商業ギルドへ走って、来月の商隊護衛計画の調整に行っているギルマスを連れ帰って！　最優先事項ですっっ!!

ここにいる全職員とハンター達には、今の話の口外禁止！

情報が解禁される前に漏らした者は、職員は懲戒解雇、ハンターはハンター資格の永久剝奪ですっっ!!」

広がる静寂。

蒼褪(あおざ)める、職員とハンター達。

もし情報を漏らして国中を大混乱に陥れた場合、ハンターギルドとしての処罰はそれで済むかもしれないが、領主からの処罰、……そして国からの処罰となると、斬首刑か絞首刑でもおかしくはないであろう。

そしておそらく、自分だけではなく、自分がその話をして拡散の引き金となった身近な人々や、家族、親類縁者等も巻き込んで……。

「何してるの！　さっさとギルマスを呼びに行きなさいっ!!」

そして、はっとした顔の若手職員が、慌ててドアから飛び出していった。

＊　　＊

「「「「「…………」」」」」

会議室に広がる、静寂。

マイル達は、起きたことを全て、正確に伝えた。

これは、温情をかけるとか村人を庇うとかいう問題ではない。

ハンターとして、受けた依頼の遂行結果や、ギルドに仇為す者達の存在を通報するのは、絶対の義務である。安っぽい同情心如きで破っても良いような規則ではなかった。

ここで誤った情報が与えられた場合、それが後に数十万、数百万の人命が失われるという大惨事に繋がるかもしれないのである。古竜絡みの事件というのは、そういうものであった。

なので、もし後で隠蔽が露見すれば、自分達が処罰される。それも、かなり厳しい処罰が……。

しかし、さすがにマイル達も、村人達全員を処罰させて、村を崩壊させようなどとは考えていなかった。

村には、反対派の人達もいたのである。

あれは、村長一派とその賛成者、つまり一部の者達の暴走であったのだろう。

なので、首謀者達に責を負わせれば、こうなった以上は再び同じようなことを企む者が現れるとは考えづらい。

……少なくとも、今回のことが伝承に付け加えられれば、今後数百年くらいは……。

なので、村人の大半は事件には無関係、というか、村長一派には反対していたと、少し過大に伝えていた。

本当は、村長一派が幅を利かせていたということ自体が、消極的ながらも、あの村の過半数がそれに賛同、もしくは黙認していたということなのであろうが……。

一応、自白させたことを書面にして、村長にサインさせている。

村長達は、こんなものは『脅されて、無理矢理書かされた』と言えば済む、と安易に考えて、あまり抵抗することなく書いたのであるが、勿論、これがあるとないとでは大違いである。

「そういうわけで、一応、一件落着で、古竜との話も付いています。

あ、もし今後この件で古竜と何かあった場合には、ザルムって人……古竜を呼んでもらって、私の名を出してもらえば、何とかなると思いますので……」


ぶふぉ！


ギルドマスターが、動揺を抑えようとして飲みかけていたお茶を、盛大に吹いた。

……まともに、レーナの上半身に向けて……。

わなわなと震えるレーナであるが、ギルドマスターに責はない。

それが分かっているため、ただ震えるのみで、必死に自制しているレーナ。

そして、いくら不可抗力とは言え、すぐにレーナに謝罪すべきであったが、ギルドマスターはそれどころではなかった。

「な、名乗ったのか！」

「あ、はい。初対面の人……古竜には、名乗るのが礼儀かと思いまして……」

「お前と違うわっ！　こ、古竜だ、古竜様が名乗ったのか！」

「は、はい……」

ギルドマスターが驚くのも、無理はない。

普通、小枝でアリンコを突いて遊ぶ人間は、アリンコに対して名乗ったりはしない。

そしてそれと同じように、古竜が人間如きに名乗るようなことはない。

「「「「…………」」」」

会議室は、静寂が広がったままである。

マイルとギルドマスター以外の者は、呼吸音以外は何も発していない。

「……で、古竜様がお前の名前を覚えていると？」

「はい、ほぼ確実に……」

「「「「……………」」」」

ない。

そんなことは、あり得ない。

もし、あるとすれば……。

「あ！」

ギルドマスターは、つい最近他国の船乗りから聞いた噂話のことを思い出した。

その内容はあまりにも馬鹿げていたため、鼻で笑って、そのまま忘れていたのであるが……。

「ひい、ふう、みい、よぉ、……4人いるな……」

そして、船乗りから聞いた、噂話。

ギルドマスターは、その話のタイトルを、無意識のうちに呟いていた。

「……竜巫女、四姉妹……」

「「「「!!」」」」

ギルドマスターが呟いた、不穏な言葉。

マイル達には、その単語に、心当たりがあった。

……いや、いささか、あり過ぎた……。

幸いにも、港町であるここには船乗り関係の情報は早く廻ってくるが、王都からの情報はそうでもない。陸路を進む商隊が来ない限り、そちら方面の情報伝達はかなり遅かった。

そして、王都の住民にはその日のうちに大々的に知られてしまったものの、対外的な正式発表……自国が古竜とその友人である異国の王女と親交を結んだこと……は会議を重ねたため数日後となり、まだこの街には情報が届いていなかった。

「……いや、あの噂話では、古竜と巫女達は仲間同士だという話だった……。今回は、依頼任務でたまたま訪れた森で偶然出会っただけだから、関係ないか……。同じ『少女４人』というのは、ただの偶然か……」

ギルドマスターの独り言のような言葉に、こくこくと必死で頷く『赤き誓い』一同。

あまりにも必死すぎて、ギルド幹部のうちの幾人かは少し怪訝そうな顔をしていたが、脳筋であるギルドマスターがそれに気付くはずもなく、そのまま話が進められた。

「とにかく、話は分かった。一応、報告内容は全て真実だという仮定で、調査を進める。

……何しろ、お前達が嘘を吐く理由は欠片もないからな……。

このあたりには来たばかりで、知り合いもいなければ、何のしがらみもない。

そして、普通にやっていれば充分稼げるのに、ボランティア同然でわざわざ引き受けた低報酬の依頼で、虚偽の報告をしてギルドを追放されるような危険を冒すような馬鹿じゃないことは分かっている。

偽造かどうかは未確認だが、村長の自白供述書もある。

報告内容が信じがたいものであるということ以外は、おかしなところはないからな……」

そう。

報告内容が、信じがたい。

それは、マイル達も自覚していないわけではなかった。

（そうだ！）

ぴこん、と、マイルの頭に名案が浮かんだ。

「あの、これなんか、証拠としてどうですか？」

「え？」

そして、マイルがアイテムボックスから取りだして会議用の机の上にどん、と置いたのは……。

「……ウロコ？」

「巨大な……、ウロコ……」

「はい、古竜のウロコです。記念にと、戴きました！」

「「「「「**えええええええええ～っっ!!**」」」」」

これは、今回貰ったウロコではない。

今回貰ったのは、角と爪の削りカスだけである。

しかし、削りカスではインパクトがないし、ただの粉では、見ただけでは何の粉なのか分からない。

なのでマイルは、以前からアイテムボックスに収納してあった、別件で入手したウロコを出したのである。

真実を歪め、人を騙すために偽証することは、悪である。

……しかし、真実を伝え、正義を通すために吐く嘘は、許容される。

マイルは、その柔軟な思考（都合の良い考え方）により、そういう方針を選択したのであった。

レーナ達も、マイルのその考え方に賛同したのか、何も言わずに見守っているだけである。

古竜のウロコ、しかも欠損部分のない完全美品など、市場に出回ることはない。

もし出回ったとしても、若手ハンターなどに入手できるようなものではない。

……ということは。

それがここにあるということは、即ち、自分達で直接手に入れた、ということであった。


「「「「「…………」」」」」


「よし、これで我がハンターギルド支部は、お前達の証言を基本とし、反論があれば村人達にその証拠を提示するように求める、という方針とする。

……まぁ、古竜が来たってことは、動かしようのない事実となったわけだ。お前達の証言を疑う者は、誰もいやしねぇよ」

もう、全てを諦めたかのような、ギルドマスターとギルド職員達。

そして……。

「なぁ、そのウロコ、ギルドに売ってくれないか？　それを王都支部経由で国王陛下に売れば、大金と功績が手に入って、うちの支部がポイントを稼げるんだよ……。

な、頼む！」

実際には、王宮は既に美品のウロコを2枚手に入れており、3枚目となると、そこまでの功績や高値とはならないであろう。

このウロコは、先の2枚とは関係がなく、後で古竜が売り値を確認するようなことはあり得ない。なので、王宮としてはなるべく安く買い叩くか、もしくは『もう余分な予算はない』として、買い取りはせず、国内の有力商家に売るよう指示するかもしれなかった。

まぁ、そんな心配をするまでもなく……。

「いえ、古竜様から記念にと戴いたものですから……」

「……そうだよなぁ……」

マイル達は、お金には困っていない。

そして、馬鹿容量のアイテムボックスに収納しておけば、盗まれる心配もない。

なので、大切なものや、取っておけばもっと値が上がりそうなものを急いで売る必要など、全くなかった。

後に王都へ行った時に、自分達で直接売りに行くか、オークションに出せば良いのである。

なので、ギルドマスターも『一応、言ってみただけ』であり、別にそうガッカリしたような様子はなかった。

これにて、一件落着。

あとは、ギルドや官憲の仕事である。

なので、マイル達は会議室を辞して、1階の買い取り窓口で『入らずの森で狩った』ということにしてアイテムボックスに収納してあった上位の魔物を数頭売り、宿へと引き揚げたのであった。

＊　＊

あれから数日後。

あの村の若者が、『赤き誓い』が滞在している宿にやってきた。

どうやら、街中の宿屋を調べて回り、捜し当てたらしい。

宿屋は、信用に関わるため、宿泊客に関する情報は漏らさないというのに、どうやって捜し当てたのやら……。

それなら、ハンターギルド支部へ行った方が早かったであろうに。

そして……。

「古竜様が、会いたいと……。近くの森まで来ておられますので、案内します」

そう言われたら、会わないわけにはいかない。

下手(へた)をすると、この街まで直接会いに来るとか言い出して、もしそうなったら、……パニックである。

おそらく、それだけで死人が出るであろう。

なので、他の選択肢はなかった。

それに、この若者の様子からは、あまり切羽詰まったような様子は感じられない。

なので、そんなに悪い話ではないであろうと思われた。

＊　＊

「……で、何の御用でしょうか？」

村の若者の案内で、仲間達と共に近くの森へとやってきたマイルが、古竜ザルムに恭しい態度でそう尋ねると……。

『シルバが、焼肉製造機が戻らぬから心配なので調べて欲しい、と言うので……』

「知りませんよっ！　そして、『焼肉製造機』って呼ばれているのですか、私っっ！

愛人という話じゃなかったのですかっっ‼」

狼達に、側妃や愛人とすら呼ばれていないらしいと知ったマイル、激おこであった……。

「何？　あんた、やっぱりあの白い狼の愛人になりたかったの？」

「まぁ、マイルちゃんは幼女の次に、もふもふが好きですからねぇ……」

レーナとポーリンの言葉に、うんうんと頷くメーヴィス。

「そんなワケあるかあぁ〜〜‼」

激おこの、マイルであった……。

# 第百三十章　その頃

「御使い様の御様子はどうか？」

「はっ、朝と夕方の、ベランダからの信者達へのお声掛けは、休まずきちんとこなされております。最近は、説教の内容もよく考えられておりまして、評判が上がっております」

「そうか。『赤き誓い』のお仲間達が出奔(しゅっぽん)された時には心配したが、何事もなく落ち着かれたようで、よかったのぅ……」

若い神官からの答えに、そう言って、嬉しそうに微笑む年配の神官。

「……で、あちらの方はどうか？」

「飲食の方ですか？　食事も、おやつと果実水も量を減らされたようで、お太りになる危険はなくなったかと……」

「おお、それは重畳！　国中どころか、周辺国の甘味全てを食べてみたいと言われた時や、退屈だと喚(わめ)かれて自棄食(やけぐ)いを始められた時には、お太りになられるのではないかと、皆で心配したものよのぅ……。

ようやく御使い様としての自覚をお持ち戴けたようじゃな。良かったのぅ……」

嬉しそうな年配の神官に、若い神官が不思議そうに尋ねた。

「しかし、急に、いったいどういう心境の御変化があったのでしょうね？　あんなにお勤めを面倒がっておられましたのに、まるで人が変わられたかのように……。

……もしかして、偽者と入れ替わっていたり、とか……」

「ははは！　もしそうなら、女神様に『あなたが落としたのは、この怠惰な御使いですか？　それとも、こちらの勤勉な御使いですか？』と尋ねられたら、勤勉な方です、と答えるわい！」

「ぷっ！　ミアマ・サトデイルの滑稽本ですか！　ふ、不敬ですよ、あはははは！」

「わはははは！」

その、ミアマ・サトデイルの滑稽本を書いたのが、当の御使い様本人であることを忘れたのか、大笑いする神官達。

……そして勿論、ナノマシン達は情報収集を怠ってはいなかった。

【この程度で『勤勉になった』と言われるなんて……。

マイル様、いったい、どれだけ怠惰な生活をしていると思われていたのですか……】

＊　　＊

「この街で、待っていましょうか」

「はい、そうですね」

「あまり進むと、『赤き誓い』の皆さんがこの大陸での旅を楽しめませんからね」

王都を出てから、割と早く旅の足を止めた、『ワンダースリー』。

マイル達が港町から王都を目指すと思い、あまり自分達が海側へと近付くと、マイルが仲間達との新大陸の旅を楽しむ時間が短くなってしまうとの配慮であった。

そのため、どんどん海側へ進もうと考えていた当初の予定を変更したのである。

……では、なぜ王都で待っていないのか。

それは、自分達のことを知っている者がおり、これからの活動拠点となる予定の王都では、あまり目立つ騒ぎを起こしたくはない、とマルセラ達が考えたからであった。

なので、出会いは王都以外の町にして、王都における自分達『ワンダースリー』とモレーナ王女の立ち位置の説明や、様々なことの擦り合わせを行いたい、というわけである。

「では、『赤き誓い』の皆さんを待っている間、この大陸で新米ハンターとして活動すべく、ハンター登録をしましょうか。

そして、このあたりの魔物事情を確認したり、魔法の強度に変化がないか確認したりと、色々とやるべきことはたくさんありますわ。

魔法が、『魔法の精霊』によって発動する以上、大陸が変われば別の精霊の担当となり、そのために発動の強度や速さ、精度等が変化する可能性がありますからね。

僅かな違いが致命傷とならないよう、そこは事前にしっかりと調べておかねばなりませんわ」

「「はい！」」

さすが、マルセラである。

もしかすると、マルセラが言い出さなければオリアーナが提言したかもしれないが、それでも、ちゃんとリーダーとして重要なところは見落とさない。

【しっかりしてやがんなぁ……】
《マイル様達のような馬鹿をやらかさないのは少し物足りないですけど、それはそれで、幼い下等生物が懸命に知恵を絞り頑張っている姿として、楽しめますわよ》
［だな……。どっちにしても、『ワンダースリー』と『赤き誓い』、ナノネット視聴率２本柱の立場は安泰だな］
異議なし、と、同意の信号波を送る、ナノマシン達であった……。

＊　＊

からららん

軽やかなドアベルの音を響かせ、ハンターギルド支部に入ってきた、３人の少女達。

身長や顔付きから、どう見ても未成年である。

ひとりだけであれば、孤児で栄養不足のため身長が、という可能性もゼロではないが、３人揃って、というのは、少々考えづらい。

……そして何より、全員が割と上等な後衛用の防護衣服と部分防具を身に着けており、おまけに短剣と杖（スタッフ）まで装備しているのである。

これで、お金に困っているはずがない。

当然、少女達が入ってきた時のドアベルの音で、ギルド職員やハンター達の眼が一斉に入り口に向けられた。

そしていつものように、すぐに視線が外される……ことなく、皆の視線は少女達の動きに追従していた。

だれも動かないのは、少女達がいくら未成年ではあっても、着慣れた様子の丈夫な衣服と、そこの装備であることから、全くの新米というわけではなさそうであり、初心者に対する通過儀礼（かわい）の対象外、と判断したのであろうか……。

……しかし、居合わせたハンター達の心の中は……。

幼いながらも、見目の良い者ばかりの、３人組。

そして全員が、魔術師らしい。

ハンターパーティにおいて、最も不足しているのは、魔術師である。

水袋代わりに。着火具代わりに。治癒ポーション代わりに。弓士代わりに。

とにかく、1パーティにひとりいれば、とても便利。

ひとりいればパーティの生存率が飛躍的に上がる、ワイルドカードなのである。

……それが3人。

しかも、可愛い。

良からぬことを考えている者も、そんなことを考えてはいない者も、思いは同じであった。

**((((((……欲しい!!))))))**

しかし、今までどこからも声を掛けられたことがないはずがないのに、未だに少女3人のまま。

そして今まで、無事に生き延びてきている。襲い来る魔物からも、人間からも……。

……何も考えず、不用意に声を掛けるのは危険。

そう考え、皆が黙って見守っていると、3人の少女達はすたすたと受付窓口へと歩み寄り……。

「ハンターの、新規登録をお願いしますわ」


ガタ！

ガタガタガタガタガタガタッ!!

ハンター達の殆どが、思わず腰を浮かせた。

そして、互いに顔を見合わせる。

((((（……まだだ！　まだ早い……))))）

そう。今から新規登録するということは、今はまだ、一般民である。

一般民である未成年の少女に厳つい ハンターが声を掛けたりすれば、事案の生起である。

もし相手の身体に指一本でも触れたり、叫ばれたりすれば、大事になる。

下手をすれば、ハンター資格剝奪の上、数年間の犯罪奴隷で鉱山行きである。

しかし、ハンター登録さえ終われば、同業者であり、パーティに勧誘しようとして声を掛けただけだと言えば、多少のことは大目にみてもらえる。

というか、それは本当のことなので、胸を張ってそう主張できるし、どこのパーティも魔術師を欲しがっていることは業界の常識なので、疑われる心配はない。

ここは、我慢であった。

そしてハンター同士で、牽制のためガンを飛ばし合う。

少女達は、受け取った申請用紙にサラサラと記入すると、それを受付嬢に渡しつつ、何気なく質問をした。

「あの、ここって、女性が他のハンターに絡まれたり、強要されたり脅されたり無礼な真似をされたりした場合、正当防衛とか無礼討ちとかで殺したら、罪になりますの？」

固まる、受付嬢と職員達。

そして……。

（（（（（えええええええええ～っっ!!）））））

触るな危険。

今まで色々と絡まれて苦労した『ワンダースリー』が身に付けた、処世術。

先制攻撃の、軽いジャブであった。


「え、えええ、ええとですね……、それは、当ギルドの所掌外のこととなります。それは、警備隊の管轄ですので……」

確かに、ハンターギルドは司法機関でも何でもない。

自らが施行する事項に関してはペナルティを科すことができるが、犯罪行為に関しては、指名手配犯の捕縛や討伐、現行犯逮捕くらいしかできず、有罪か無罪かの決定権などない。

「ただ、言葉による侮辱行為のみであるか、暴力を伴ったものであるか等、状況によりまして、色々あるかと……。

なお、一般論としましては、女性の身体に触れる、武器の柄に手を掛ける、魔法の詠唱を始める等の行為がありました場合は、既に自分から先に攻撃を開始していた場合を除きまして、ほぼ正当防衛が認められると思われます。

……ただ、無礼討ち、と申しますのは……」

そこで、口籠もる受付嬢。

平民には、『討たれる側』として以外では縁のない概念である。

そして、そんなことを聞いてくるということは……。

「分かりましたわ。そなたに感謝を！」

そして、一歩下がって、カーテシー。

殊更に『高貴なお方オーラ』を放出して、羽虫が寄って来ないようにしたマルセラ。

その目論見通りに、職員もハンター達も、ドン引きであった。

本来は、カーテシーは目上の者に対する礼であるが、まぁ、新人ハンターよりギルド職員の方が目上、と言えなくはないので、問題はない。

……そもそも、そういうレベルの話ではないが。

ギルド職員やハンター達を軽くあしらい、荒くれ共がいる場を自在にコントロールする胆力。

あの死線を潜り抜けた戦いで、『ワンダースリー』の3人にもかなりの度胸がついたようである。

これで、マルセラは確実に貴族の娘であると思われたであろう。

……事実、その通りなのであるが……。

そして他のふたりも、マルセラより爵位が低い貴族の娘か、もしくはお付きの侍女か、護衛メイドあたりかと……。

勿論、他にも隠れ護衛が付いているはずであり、ギルド職員や仲間のハンター達の中にも、雇われて護衛や情報提供を担当している者がいてもおかしくはない。

いや、そもそも、ギルドマスター自身に話が通されているという可能性も……。

これで、余計なちょっかいを出そうとする者がいるはずがなかった。

明日の朝、川面(かわも)に浮かんでいたり、なぜか急にハンターギルドを除名になったりしたくなければ……。

そして、情報ボードに軽く目を通した後、依頼ボードをじっくりと眺める少女達。

「素材採取と、Cランク以下の魔物の討伐。代わり映(ば)えのしない依頼ばかりですわね……」

「王都が近いですからね。ランクの高い依頼や特殊なものは、王都へ回るのだと思います。その方が、受け手の数や得意な分野がある者達の人数が多いですからね」

「なる程……」

オリアーナが言う通り、依頼内容とハンターには、相性というものがある。

それは、学生時代に特殊な依頼のみを受けて功績ポイントを荒稼ぎしていた『ワンダースリー』の3人には、よく分かることであった。

そういうわけで、変わった依頼を出すのであれば、この町のギルド支部ではなく、比較的近くにあり多くのハンターが所属している王都のギルド支部にすべきであるということは、このあたりでの常識であった。

そのため、王都近郊のこの街の依頼は、王都どころか王都から遥か遠くの街よりも『面白そうなもの』が少ないのであった。

「まぁ、今日はこの街に着いたばかりですし、とりあえず宿を決めて、ゆっくり休みましょうか」

「「はい」」

そして、出来上がったチェーン付きのハンター登録証を受け取ると、ギルドから出て行く3人。

登録ランクは、勿論新人であるので、Fランクである。

「「「「「…………」」」」」

是非、自分達のパーティに欲しい。

しかし、下手をすると身の破滅になりそうな、ヤバい物件。

触るな危険（アンタッチャブル）。

古竜のお宝を狙う（馬鹿で無謀な行為）。

「「「「「……………」」」」」

そしてギルド職員もハンター達も、誰ひとりとして、声も出さなければ、身動きもしなかった。

マルセラ達の『虫除け』という思惑は完全にその目的を達していたが、これでは、他の面で色々と大変そうであった……。

＊　＊

「どうやら、魔法の威力、精度、速度共に、違いはなさそうですわね……」

「はい。この大陸の魔法の精霊様は、私達の大陸を担当されております精霊様と魔法に関するパラメーターを統一されているのか、もしくは各地の精霊様達を束ねる上位精霊様がおられて、そのあたりを纏めておられるのか……」

「どちらにしても、今までと変わりなく使えるようで、よかったですね」

マルセラの言葉にそう答える、オリアーナとモニカ。

翌日は、ギルドに顔を出すことなく、近くの森で魔法の検証作業を行っていた『ワンダースリー』。

そして検証の結果、魔法の行使については旧大陸の時と変わりないようであった。

元々、旧大陸においても魔法は『その時に周りにいたナノマシン』によって発動するのである。ナノマシンの個体差によってその都度魔法の発動に癖があっては問題であるため、個性には多様性が与えられているものの、魔法発動については、当然ながら均一化されている。（但し、思念波に反応して魔法の発動に参加するかどうかの、『感度』については、多様性が持たされている。そうでないと、魔術師の出力的な優劣というものがはっきりしない。）

「でも、そもそも、アデルさんが精霊様にお願いしてくださって、私達に専属の精霊様が付いてくださいました時と、魔術師としてのレベルを上げてくださいました時。その2回は、魔法の威力や精度、反応速度等が大幅に上がりましたからね。今更多少の変化があったところで、驚きませんわよ」

「「ですよね～！」」

＊　　＊

「……あの、ちょっとよろしいかしら？」

「は、ははは、はいっ！」

依頼ボードの前で、自分達より少し年上である４人組のパーティに声を掛けた、マルセラ。

見た感じから、おそらく10歳くらいからハンターをやっている、いわゆる『叩き上げ』らしき連中である。

男３人、女性ひとりのパーティであり、これで問題なくやっているということは、同じ村出身の幼馴染みパーティなのであろうか……。

元々の仲良しグループでなければ、男３人に女性ひとりのパーティ、しかも女性がそこそこ可愛いとなれば、ほぼ確実に揉め事が起きる。

……いや、幼馴染みであれば揉め事が起きないというわけではないが、その確率が少し低くなるらしいのである。

以前、先輩の女性ハンターにそう教えられた、『ワンダースリー』の面々であった。

「な、何かな？」

（……？）

先程から少し観察していたので、リーダーらしいと思われる少年に声を掛けたマルセラであるが、そのあまりのビビりように、少し首を傾げていた。

このパーティは、2日前に『ワンダースリー』がギルドに顔を出した時にはいなかったため、羽虫除けのためにマルセラが意図的に交わした受付嬢との会話は聞いていないはずである。

そう考えたマルセラであるが、勿論、一昨日と昨日の間に、所属ハンター達には『不幸な出来事を防ぐための、ギルドからのお知らせ』が通達してあったのである。

ギルドも、所属ハンターが無駄に死ぬのを看過するつもりはなかった。

なのでそのハンター達も『ワンダースリー』のこと……誇張されすぎた、ほぼデマの域……を知っていた。そのため、先程からマルセラ達の死線……、いや、視線が自分達に注がれていることを薄々感じてはいたが、そんなはずはない、と自分に言い聞かせて、決してマルセラ達と目が合わないようにしていたのである。

（なのに、なぜ……）

そう思いながらも、どこにいるか分からない隠れ護衛や実家からのお目付役の者達の御不興を買わないようにと、暑くもないのに汗をだらだらと流している、リーダーの少年。

そして、少年にマルセラが用件を告げた。

「私達と合同で、オークとオーガ狩りをしていただけないかしら？」

年上の者達に対して、いささか上から目線の言葉遣いであるが、これも羽虫除けのための演技だと割り切っているだけであり、内心では恥ずかしくてぷるぷるしているのである。

……しかし、それをおくびにも出さず、泰然とした態度を崩さないマルセラ。

『討伐』ではなく『狩り』と言っているのは、餌場として人里近くに住み着いたとか、増えすぎたため間引きが必要になった場合等を除いて、わざわざ報酬金を払ってオークやオーガの討伐を依頼するようなことはあまりないからである。

……それに、もしたまたまそういう依頼があったとしても、ハンター登録して数日のFランク、しかも未成年の小娘3人のパーティなど、たとえCランクの先輩ハンターと合同であろうが、受注できるわけがなかった。依頼内容に『Cランク以上』と書かれているであろうし、もし書かれていなかったとしても、受付嬢が絶対に排除するであろうから……。

たとえ文句を付けてゴネようが、その時にはギルドマスターが出てきて、ギルマス権限で却下される。

なので、通常依頼としてのオークやオーガの討伐依頼は、マルセラ達には絶対に受けられない。

……しかし、牙や皮、肉、そして精力剤の材料となる睾丸等の素材納入であれば、問題ない。たまたま出会い、襲われて返り討ちにした、とかいう場合もあるので、そういうのはＯＫなのである。

睾丸の納入だけに、たまたま……。

マルセラ達は、あくまでも超安全策のつもりで、道案内代わりにと地元ハンターの同行を求めただけであった。

あの地獄の最終決戦を生き延びた『ワンダースリー』である。今更、オークやオーガに後れを取るとは思っていなかった。

しかし……。

ガタ！

ガタガタガタガタガタッ!!

**「「「「「やめろおおおぉ〜〜!!」」」」」**

ギルド中が、絶叫に包まれた。

受付カウンターのこちら側も、向こう側も……。

そして、自分達だけであればともかく、地元のハンターも一緒なのに、予想外に大きな反応に驚くマルセラ達。

……彼女達は、まだ知らなかった。

この大陸の魔物達が、旧大陸の魔物よりずっと頭が良く、手強い相手だということを……。

「やめろ！」

「おい、『果てしなき旅路』、その申し出を受けるな！　蹴れ!!」

皆に言われるまでもなく、少年達はそんな申し出を受けるつもりなど全くなかった。

自分達だけであっても、全滅必至なのである。なのに、素人同然である新米の未成年の少女3人を護って、など、Bランクハンターが3人くらいいなければ、到底不可能である。

あからさまな嫌がらせ、妨害行為にカチンと来たマルセラ達であるが、今までにも、こういうことは何度もあった。なので、これくらいで引き下がるつもりは毛頭なかった。

「受けていただけますの？　それとも、無関係の方達からの嫌がらせの言葉に臆されましたの？　オークやオーガ如きで？」

少年達を奮起させようと、わざと煽るような言い方をしたマルセラであるが……。

「……ごめん、無理！　オーク1～2頭ならともかく、オーガは絶対に無理!!」

そう叫んで、だっ、と逃げ出した、『果てしなき旅路』のメンバー達。

「え……」

そして、せっかく選んだ獲物に逃げられ、呆然とするマルセラ達。

「嬢ちゃん達、そりゃ無理だ。アイツらを悪く思わないでやってくれ。

アイツらには、せいぜいはぐれオーク1頭がいいとこだ。群れのオークやオーガとなると、全滅か、ひとりふたりが逃げ延びられるかどうか、ってとこだろう。それも、ハンター稼業引退は確実な重傷と、一生引きずる、仲間を死なせたという心の傷を負ってな……。

いくら頑張っても、無理なものは無理なんだよ。

嬢ちゃん達も、少しはハンターのランクと魔物の強さの力関係を調べてからそういうのを持ち掛けてくれや。

アイツらは常識的な判断をして逃げたけど、可愛い女の子の前でカッコ付けようとして受けるような馬鹿もいるだろうからな。

ソイツらも嬢ちゃん達も全滅、って未来が目の前にちらついて、胸くそが悪くなるぜ……」

「え……」

居合わせたハンターのひとりからの忠告に、ぽかんとするマルセラ達。

「……そんな大事(おおごと)ですの？　オークやオーガ数頭程度で……」

自分達の攻撃魔法であれば、一撃。

物理攻撃であっても、Cランクの剣士や槍士であれば、そこそこ戦えるはず。

なので、魔術師3人とバランスが取れた4人パーティの合同であれば、オーク5～6頭、オーガ2～3頭くらい、被害ゼロで片付くはず。

それが『ワンダースリー』にとっての常識なのであるが……。

「どこの高ランクハンターだよ！　そんなの、Bランク以上の奴らにしかできねぇよ！」

「「「え……」」」

マルセラ達、愕然。

「オークやオーガは、大抵2～3頭で行動してやがるからな。オーク3頭なら、うちのパーティと嬢ちゃん達が合同で、嬢ちゃん達全員がかなりの攻撃魔法が使えるというなら、やれないこともない。

だが、オーガ2頭は駄目だ。

たとえ倒せたとしても、こっちに怪我人か死人が出る。そんなのは受けられないだろうが……」

「「「えええええっ！」」」

あまりにも予想外の説明に、驚く『ワンダースリー』の3人。

「……まぁ、使えますけどね、かなりの攻撃魔法を、3人共……」

「「「「「**使えるんかいっ!!**」」」」」

居合わせたみんなに突っ込まれたが、それはスルーする『ワンダースリー』。

「……でも、オークやオーガは、巣の近くでもない限り、大抵は単独行動なのではありませんか？」

オリアーナが、不思議そうにそう尋ねたが……。

「いや、そんなことはないぞ。

「……う〜ん、お前達、狩りに出る前にここの2階で魔物についての勉強をしろ！　いくら攻撃魔法が使えたって、何も知らないんじゃ、初日で全滅するぞ。角ウサギ（ホーンラビット）の角で腹を貫かれたり、顔に貼り付いたスライムに鼻と口を塞がれて窒息したりして。5〜6歳の子供でも、油断を衝けば屈強な兵士を殺せるんだ。低ランクの魔物でも、油断したり舐めて掛かれば殺されるぞ」

「「「……」」」

確かに、その忠告は正しいだろう。

しかし、『ワンダースリー』は新規登録したばかりなのでFランクなだけである。

本当は、全般的にはCランク下位、攻撃能力だけであればBランク上位くらいの能力があった。

……だが、マルセラ達がそれを口にすることはない。

どうせ信じてはもらえないであろうし、信じられたら信じられたで、色々と面倒なことになる。

また、敵は油断させておくべきであり、余計な情報は与えない方がいい。

大容量の収納魔法のことを隠さずに使用する場合には、特に。

「「「…………」」」

何だか、自分達の経験や常識に反する話を聞かされ、わけが分からず困惑するマルセラ達。

話の基準となるものが全く異なるため、理解も擦り合わせもできない。

マルセラ達がこの辺りの魔物について正しく認識しない限り、どうしようもなかった。

「……分かりましたわ。２階で勉強させていただきますわ」

ここのハンターに、２階で勉強しろと言われたのである。

ならば、そうすればここのハンター達が魔物達に対してなぜ、どれくらい脅威であると考えているのかが分かるはずであった。

このあたり、マルセラ達は理性的に判断するよう心掛けており、変に反発したりはしない。

ベテランや先輩の意見や忠告は、真剣に受け止める。

……それに従うかどうかは、また別問題であるが、今回は有益なアドバイスであると判断したようであった。

「……お、おぅ……」

普通、自分の力を過信している若者は、おっさんからの忠告など無視するものである。

なので、おそらくムキになって反発するだろうと思っていたのに素直に忠告を聞き入れたマルセラに、少し戸惑(とまど)った様子の先輩ハンター。

しかし、若者を、それも可愛い少女の魔術師という貴重な宝を無為に死なせることを回避できたとなれば。しかも、それが自分の忠告のおかげで、となると、悪い気はしない。

『コイツらは、俺が育てた！』というやつである。

老害扱いされて嫌われるだけなのを承知で憎まれ役を買って出ての、この結果。

嬉しくないはずがなかった。

「……まぁ、困ったり分からないことがあったりすれば、何でも聞いてくれや……」

そして、『ワンダースリー』が2階へと移動した後、そのハンターは『攻撃魔法が使える、貴族の美少女魔術師トリオ』争奪戦で大きくリードできたことを褒め称えるパーティメンバー達から背中をどやされ、他のハンター達からは怖い眼で睨み付けられるのであった……。

＊　＊

「何ですの、これは！」

ギルド支部の2階で新人用の資料を読んでいたマルセラが、思わず声を上げた。

「推奨戦力、オーク3頭一組（スリーオークセル）に対し、Cランクハンター10人以上……」

「Cランク3人でオーク1頭を抑え、余剰人員で急所を、ということでしょうか？

とにかく、これが意味することは……」

「「オーク1頭を怪我することなく倒すには、Cランクハンターが3人以上必要、ということ……」」

「弱すぎますわ、ここのハンター達！」

「「しいぃ〜〜っ!!」」

慌てて、人差し指を口に当て、マルセラに黙るよう指示するモニカとオリアーナ。

いくら人が少ないとはいえ、2階も無人だというわけではない。担当のギルド職員と、数人の地元ハンター達がいるのである。

そしてマルセラの言葉はしっかりと皆の耳に届き、怖い顔で睨まれた。

「……悪かったですわ……」

さすがに、今のは失言が過ぎた。

それを自覚し、素直に謝るマルセラ。

他のハンターや職員達も、自分達の力を過信した新人が勘違いすることには慣れているため、別に本気で怒ったわけではなさそうであった。

しかし、何も態度に表さずにスルーしては新人への教育上良くないので、一応怒ってみせただけのようである。

普通は、それでも『何だよ、文句でもあるのかよ！』とか言って突っ掛かってくる若者も決して少なくはない中、ちゃんと反省して謝罪するというのは、まだマシな方であった。

……しかも、相手は可愛い少女である。

皆、右手首だけを少し動かし、謝罪を受け入れたということを示した。

結局、どの業界においても、美人と美少女はお得なのであった……。

「……では、このあたりのCランクハンターだと、私達の国とは違い、オーク1頭を討伐するのに数人掛かりでないと駄目だと……」

「マルセラ様、さっきのよりは幾分マシですけど、そんなに変わりませんよっ！」

『ワンダースリー』が、攻撃力はBランク上位並みなのに総合力はCランク下位と判定されるのには、勿論理由(わけ)がある。

体力がないため、戦いが長引くと急激に動きが悪くなる。

移動速度が遅い。

近接戦闘能力が低い。

紙装甲のため、一撃を喰らっただけで戦闘不能になる。

対人戦闘の経験が殆どない。

見た目で舐められる。……いくら優勢であっても、降伏勧告に応じてもらえることは、まずない。

誘拐目的で襲われた場合は、相手に殺意がないため対処しやすいが、戦場で命の遣り取りをしている時には、女子供だからといって手加減してもらえたりはしない。

……駄目駄目である。

これでは、いくら攻撃力だけが優れていても、ハンターとしての総合評価は低い。

いや、勿論、専属ナノマシンの存在と権限レベル2による魔法の威力の増大、そしてマイルから教わった『魔法の真髄』から自分達で考案した数々のオリジナル魔法の存在以外にも、『ワンダースリー』にはいくつもの利点がある。

脳内詠唱による『なんちゃって無詠唱』ではなく、本当の無詠唱魔法が使える。

遠距離での先制探知と遠隔魔法攻撃による、一方的な敵の殲滅。

アイテムボックスによる輸送能力。

外見により相手の油断を誘える。

ハンターだと悟られないことによる利点。

女性に対する秘匿密着護衛が可能。

……しかし、どうしても、色物（イロモノ）扱い、際物（キワモノ）扱いされるのは仕方なかった。

まともな商人であれば、商隊の護衛に『ワンダースリー』を雇おうとは思わないであろう。

可愛い少女が３人も付いているなど、盗賊避けどころか、却って撒き餌になってしまう。

マルセラ達も、勿論自分達の利点と欠点はちゃんと認識している。

なので、全員が攻撃魔法、防御魔法、支援魔法、治癒魔法を使え、攻撃力がBランク上位並みであっても、少しでも危険や不安要素がある依頼を受ける場合には、前衛職主体のパーティと組むという慎重振りであった。

どんなに危険が少なくても、……誰かひとりが大怪我をする確率がたとえ１００分の１であったとしても、それは『１００回やれば、かなりの高確率で当たる』ということである。

そんな依頼を３日に１回受けていれば、遅くとも数年以内に『当たり』を引き当てるということである。

そしてそれは、いつ引き当てることになるのか、分からない。

100回目かも。50回目かも。10回目かも。……そして1回目かもしれないのである。

なので、どうも自分達の認識とはズレているらしきここでの常識を知った以上、自分達だけで討伐依頼を受けるつもりは全くなかった。

いや、それを知る前から、見知らぬ場所での初仕事を自分達だけでやるつもりはなく、あの少年達のパーティに声を掛けたわけであるが……。

「とにかく、ここのハンターがなぜそんなに弱いのか、その理由を確かめる必要がありますわね。この大陸でも私達の魔法の威力が変わらないということは確認しましたから、あと考えられるのは、ここで使われている魔法がレベルの低いものである、呪文が不適切、ハンターの魔力が弱くて数発しか撃てない、使える魔法の種類が少ない……」

他の者に聞こえないよう、顔を寄せ合い、小声でそう話すマルセラ。

「でも、魔法が弱体化していても、前衛や中衛による物理攻撃だけでも、Cランクが4〜5人いればオーク数頭くらい問題なく狩れるのでは？　剣士ふたり、槍士ひとり、弓士ひとり、とかいう構成なら……」

「そうですよねぇ。更にそれに魔術師がひとり加われば……。いくら攻撃力が弱くても、目潰しとか支援魔法とかをうまく使えば、問題ないはずですよねぇ……」

オリアーナの言葉に、モニカが賛同する。

「まぁ、不確定要素があることは把握しましたわ。あとは……」

「「現場で確認するのみ！」」

「……と言いましても、ここのハンターの実力や戦い方を確認するのに、私達だけで依頼を受けても何の役にも立ちませんわ……」

「ここは、適当なパーティ……先程お声掛けした人達より強い、中堅パーティをお誘いするしか……」

マルセラとオリアーナの呟きに、モニカがにやりと笑った。

「程良い強さで、合同受注の申し込みを受けてくれそうな、いいパーティに心当たりがあります」

そして、それを聞いて、ポンと手を打つマルセラとオリアーナ。

「「ああ！」」

＊　　＊

「すみません、私達、勉強のためオーク狩りというものを見学したいのです。

なので、合同受注をしていただけませんかしら？

討伐報酬は要りませんわ。皆さんがお持ち帰りになる素材を剥ぎ取られた後に残ったものをいただければ、それで充分ですわ」

そう言って、先程マルセラ達に忠告してくれた、あの先輩ハンターに声を掛けたマルセラ。

先輩ハンターは、驚いて目を丸くしていたが、その背中を仲間のハンターに突（つつ）かれて、慌てて返事をした。

「……お、おう。慎重なのと勉強熱心なのは、いいことだ。それが、自分達を長生きさせてくれる。で、見学ということは、お前達は戦わない、という解釈でいいか？」

その問いに、こくりと頷くマルセラ。

「なら、俺達だけじゃ、ちょっと心配だな。

いや、俺達だけなら、問題ないんだ。しかし、万一の時にお前達を護って全員無傷で、というのには、ちぃとばかし自信が無（ね）ぇ。

……だから、もうひとつのパーティにも声を掛けていいか？」

マルセラ達に負けず劣らず、慎重である。

ハンターは、それくらいでなければ中堅になるまで生き延びられない。

見たところ、このパーティには魔術師がいない。

ならば、おそらくは魔術師がいるところへ声を掛けるつもりである確率が高いので、それはマルセラ達にとっては大歓迎であった。

前衛職による物理攻撃だけでなく、魔術師のレベルも確認できるのであるから……。

なので勿論。

「構いませんわ。……というか、大歓迎ですわよ！」

斯くして、『ワンダースリー』によるこの大陸での初めての魔物討伐（見学）が決定したのであった。

＊　　＊

「Cランク、『女神の勇者』だ。よろしく頼む」

「こちらこそ、よろしくお願いしますわ」

先輩ハンターのパーティ……『冬の城』……の5人に、『女神の勇者』の4人。

共に、Cランクでも上位に当たるパーティらしかった。

『冬の城』は、剣士、槍士、弓士（短剣も使う）等の物理オンリー。『女神の勇者』は、前衛ふたり、攻撃系魔術師ひとり、治癒・支援系魔術師ひとりと、魔術師による先制攻撃や前衛への支援に頼った、少し変わったパーティのようであった。

……というか、魔術師が不足しており引っ張りだこであるハンター業界において、4人中ふたりが魔術師であるなど、……しかもふたり共が女性であるなど、他のパーティから羨ましがられているのは確実であろう。

元々、『冬の城』とは交流があったようであるが、『女神の勇者』が誘いに応じたのは、魔術師ふたりが『ワンダースリー』に興味を抱いたからのようであった。

確かに、女性魔術師としては、まだ未成年である少女の魔術師ばかりの3人組など、危なっかしくて見ていられないであろう。

たまたま自分達は一人前になれたけれど、その途中で、魔物に、そして人間に襲われて消えていった、大勢の女性ハンター達を見てきたであろうから……。

（この子達は、私が護る!!）

むふ～、と鼻息も荒い、ふたりの女性魔術師であった……。

＊　＊

「……前方、オーク3頭。やるぞ！」

『冬の城』の前衛が小声でそう囁き、後ろの者にも伝わるよう、ハンドサインを送った。

そして、こくりと頷く者と、軽く手を挙げて了解の合図を返す者。

「打ち合わせ通り、魔術師組は遠距離攻撃と支援、『ワンダースリー』は魔術師組と同じ場所で見学。

その他は全員、魔法による先制攻撃と同時に突っ込む。いいな？」

リーダーの指示……というか、既に何度も打ち合わせたことの最終確認……に、こくりと頷くパーティメンバー達。

しつこいようではあるが、こういうのは、何度も念押しするものである。

それが、ミスや間違いを防ぐことに繋がる。

（リーダーの指示も皆さんの反応も、問題ありませんわね……）

マルセラの小声での呟きに、こくりと頷くモニカとオリアーナ。

チームワークや心構え等は、問題なさそうであった。

そして、戦闘能力は……。

「アイシクル・ジャベリン！」

「アイス・ニードル！」

素早い詠唱の後に魔法名が唱えられ、攻撃魔法が発動した。

ふたりの魔術師のうち、ひとりは支援魔法が専門ということであったが、攻撃魔法が全く使えないというわけではなかったらしく、無防備な状態の敵に対する初撃には参加するようであった。

攻撃が得意な方が、敵の数を減らすための強力な単体攻撃魔法。あまり得意ではない方が、命中精度を気にしなくて済み、威力は低いが敵全体の戦闘力を下げられる範囲攻撃魔法。

前衛の突入前に行う攻撃としては、最適の選択であろう。

そしてアイシクル・ジャベリンは1頭のオークの肩に刺さり、アイス・ニードルは3頭を中心に広く降りそそいだ。

「突撃！」

『冬の城』のリーダーの号令で、飛び出す前衛達。

アイス・ニードルは敵の眼を潰せれば大戦果であるが、そうでなくとも、相手を混乱させ戦意を低下させる役に立つ。

その混乱の中に飛び込み、アイシクル・ジャベリンで肩を貫かれたオークにふたり、その他の2頭に残り全員が襲い掛かり、滅多斬り。

そして3頭のオークは地に沈んだ。


「充分強いじゃないですの！　話が違いますわよ!!」

何だか理不尽なクレームをつけるマルセラ。

「いや、俺達はCランクの上位だから強いと言っただろうが！　それに、『女神の勇者』の前衛ふたり、魔術師ふたりが加わってるんだぞ、Bランクくらいの戦力になっとるわ！」

マルセラの理不尽な非難の言葉に、心外だとばかりに反論する『冬の城』のリーダー。『女神の勇者』のメンバー達は、それを聞いて苦笑している。

この合同チームが結成されて狩りに出た事情を知っているので、それも無理はない。

「苦戦するのは、普通のCランク以下で、特に魔術師がいないところだ。そして俺達はCランク上位だから、護衛しなきゃならないお前達がいなけりゃ俺達だけでも大丈夫だと言っただろうが……」

「うっ、た、確かにそう言っておられましたわね……」

ギルドでの遣り取りを思い出し、口籠もるマルセラ。

「……つっ、次行きますわよ、次！」


そして歩き始めた一同であるが、マルセラはふと気が付いて、後方にあるオーク3体をアイテムボックスに収納した。

他のパーティメンバー達は、今日はまだ狩りを続けるのでオークの肉を持っていくことはできないと考え放置するつもりのようであったが、せっかくの獲物を捨てるのは勿体ない。

貧乏男爵家……今は子爵家であるが……の三女であるマルセラは、貧乏性なのであった。

今後の活動のこともあり、別にアイテムボックスのことを隠すつもりはなかったが、『ワンダースリー』の前方を歩く2パーティは、マルセラが3頭のオークを収納したことには気付いていなかった。

＊　　＊

次は、『典型的な、普通のCランクパーティ』を模した戦いである。

『冬の城』の5人のみ。魔術師がいない、剣士や槍士、弓士兼短剣使い等の、物理職ばかりである。

「このメンバーだと、わざと手を抜いて中堅Cランクパーティ程度の力でやると、怪我をするからな。攻撃は本気でやらせてもらうから、そこから自分達で適当に強さを割り引いて評価してくれや」

「……分かりましたわ。それと、私達もいつでも魔法で支援できるようにしておきますし、治癒魔法にはいささか自信がありますので、安心していただいて結構でしてよ。

尤も、いくら治癒できるとはいえ、痛いのは嫌でしょうし、壊された防具や破れた衣服は修復できませんからね」

冗談半分でそう答えるマルセラであるが、事実、高価な防具を壊されたのでは、依頼の報酬と持ち帰れるだけの肉の売却益では、大赤字である。

「そんなヘマ、しねぇよ！」

そんなことを言いながら、獲物を求めて森を進む一行。

そして……。

「前方、オーク3！」

少し先行していた斥候役が戻ってきて、小声で、しかししっかりとした口調で報告した。

「……本当に、オークが3頭単位で行動していますのね……」

2度続いたため、マルセラもようやく『オークは巣の近くでなくとも3頭で行動する』という話を信じたようである。

「じゃあ、打ち合わせ通り、『女神の勇者』は『ワンダースリー』の護衛と、万一に備えて攻撃魔法をホールドしておいてくれ。味方撃ちには気を付けてくれよ！」

「新米のFランクじゃあるまいし、そんなヘマするもんですか！

……攻撃魔法を撃った後に、アンタがノコノコと射線上に移動さえしなきゃね！」

ただ単に手順の念押しというルーティンをこなしただけであろうに、職業上の矜持を傷付けられたと思ったらしい『女神の勇者』の女性魔術師に噛み付かれた『冬の城』のリーダーを、少し気の毒に思う『ワンダースリー』の3人であった。

「……よし、行くぞ！」

別に気があるわけではないであろうが、女性に噛み付かれて少しヘコんだらしいリーダーが、気を取り直してそう指示を出した。

いくら勝算の高い戦いであっても、油断すれば死ぬ。

命懸けの戦いの前には、肉体だけでなく、精神状態も最高のコンディションを保つ必要があった。

なので、いくらヘコもうが、戦いの時には完全に頭を切り替える。

……彼らは、プロなのであるから……。

＊　＊

「どうなっておりますの……」

驚きに、愕然として呟くマルセラ。

モニカとオリアーナも、固まっている。

戦いは、危なげなく『冬の城』の無傷での勝利となった。

しかし……。

「どうして、オークが連携行動をしますの！」

そう。普通であればそれぞれバラバラに戦うはずのオークが、互いの背を護り、連携しあって戦っていたのである。

人数が5人と、パーティとしてはやや多めであること。そしてCランクパーティの中でも上位のベテランであることから、危なげない勝利となった『冬の城』であるが、もしこれが3～4人の人数が少なめのパーティであったなら。そしてCランク下位のパーティであったなら……。

戦いとしては勝利し、オーク達を全滅させたとしても、自分達のうちひとりでも怪我人が出れば大赤字である。そして怪我人はハンター引退、パーティは解散、とか……。

そんな依頼を、僅かな報酬で日常的に受けられるわけがない。

オークが3頭いる、というのと、3頭一組（スリーオークセル）は、違う。全然違う。

ただ3頭が一緒にいるだけであれば、それは1頭のオークの戦力の3倍である。

しかし、その3頭が連携し、互いに死角をカバーし合い、協力して戦うのであれば、その脅威度は何倍にも跳ね上がる。

「数頭ずつ固まって行動し、バラバラに戦うのではなく連携して戦う……。決してあの最終決戦で戦った敵、新種のような肉体的に優れた個体能力ではありませんけど、戦う相手としては、私達人間側の圧倒的優位であった部分をひっくり返されて、元々の肉体的な能力差での勝負となりますと……」

「クソやべえですわ!!」

オリアーナの言葉に、思わずハンター達が使う下品な悪態を口にしてしまったマルセラ。

貴族令嬢としてははしたないが、それだけ動揺してしまったのであろう。

「……でも、肉体的な攻撃力と防御力は、普通のオークと変わりませんよ。ですから、遠距離からの魔法による先制攻撃と、それに続く一方的な魔法のつるべ撃ちが基本スタイルの私達には、大して影響ないのでは？」

「……そ、それもそうですわね……。一戦目も、『女神の勇者』の魔術師のおふたりの攻撃が普通に効いておりましたわね。おひとりは攻撃魔法が専門の方ではありませんのに……。

ということは……」

「「問題、ないない！」」

「……何だ、そりゃ……」

マルセラ達の会話に、呆れた様子の『冬の城』リーダー。

呆れるのも、無理はない。

未成年の後衛職の少女３人組が、オーク３頭との戦いを『問題ない』などと言ったのである。

そういうのは、自分達の力を過信し、慢心した馬鹿が言うことである。

……そしてその手の連中は、すぐに死ぬ。

この３人はそういう馬鹿には見えなかったのに、なぜか今までの聡明さに反するような愚かなことを、それも冗談とかではなく大真面目に言っているのである。

それを聞いては、やはり所詮は子供か、という思いが湧いても仕方ないであろう。

「……あの、今のオークの戦い方。あれが普通ですの？」

「ん？　ああ、いつもあんなもんだが……。それがどうかしたか？」

（やはり、あれが普通のようですわよ……）

（魔術師がいないパーティにはキツそうですね）

（それって、行く先々での私達への勧誘合戦が、更に激化するってことですよね……）

（（はあああァ〜〜……））

小声で話し、そしてため息を吐くマルセラ達。

「……って、そうじゃありませんわよ！　どうやら私達、思い違いをしていたようですわ……」

マルセラの言葉に、こくりと頷くモニカとオリアーナ。

「ハンター達が弱いのではなく……」

「「「魔物が強い!!」」」

ようやく、真相を悟った『ワンダースリー』であった……。

「身体能力は私達の国にいる魔物と変わらないですけど、戦術を用いるという、あの頭の良さ！

これじゃあ、Cランク下位のパーティでは荷が重いですわ……」

「いや、だから最初からそう言ってるだろうが！　何を今更……」

「…………」

マルセラの呟きにそう突っ込みを入れるリーダーであるが、その通りであるため、反論できないマルセラ。

「……じゃあ、次に私達だけで狩りますから、皆さんは万一の場合に備えて護衛をお願いしますわ」

「あ、ああ、それは構わないが……」

オークの肉体的な防御力が前の大陸のものと変わらないことは、既に確認済みである。

では、なぜわざわざマルセラが自分達の手の内を晒すような真似をするかと言うと……。

（ここで私達の戦闘能力を証明しておかないと、この町で討伐依頼が受けられないし、合同受注してくださる若手パーティもいませんわ。

年配のベテランパーティも、この2パーティのようなお人好しでない限り、小娘のお守りなどという面倒で稼ぎの少ない依頼は受けてくださいませんし……）

マルセラはそんなことを考えていたが、自分達の収納魔法のことが知られれば合同受注の申し込みが殺到するであろうことが、頭から抜けていた。

いくらマルセラでも、たまにはボケることもある。

「じゃあ、次に……、あ、収納！」

そして、消える3頭のオーク。

ぱっかりと口をあけて呆然と立ち竦む、『冬の城』と『女神の勇者』のメンバー達。

「……あら？　私の収納魔法のこと、言ってませんでしたかしら？」

**「「「「聞いてねーよ!!」」」」**

＊　　＊

あれから収納魔法について色々と突っ込まれ、かなりの大容量であることを教えたマルセラ。

使えるのはマルセラだけ、ということは特に言わなかったが、そもそも、ひとりいるだけで驚愕される収納魔法使いである。『他のふたりは使えるのか』などという質問が頭に浮かぶことすらなかったようである。

「常軌を逸した大容量の、収納魔法使い……。

お前達が、碌に荷物を持たずに行動している理由は、それか……。

杖（スタッフ）と短剣と水筒以外は小さなバッグしか持っていやがらねぇから、夜営とかどうすんだよ、って思っていたんだがよ……。

オーク3頭が平然と入れられるなら、夜営用の防水布や毛皮くらい入れてるか……」

そんなことを呟くリーダーであるが……。

「ええ、テントやベッド、毛布とかは持っておりますわよ？」

「べ、ベッド……」

百歩譲って、テントと毛布は、まぁ、分からないでもない。

しかし、ベッド。

……それはない……。

マルセラの言葉に、虚（うつ）ろな眼をして立ち尽くす、『冬の城』と『女神の勇者』のメンバー達であった……。

＊

＊

今回、マルセラ達は探索魔法は使っていない。

あくまでも今回は『地元のハンターの実力確認』であったし、これだけのベテラン前衛職がいれば、奇襲……モンキー系の魔物による樹上からの攻撃や、ゴブリン、コボルトによる木陰からの突撃等……を受けても第一撃は凌げるであろうし、それだけの時間を稼げれば、マルセラ達の防御魔法でどうとでもなるので、危険は少ないと判断したためである。

それに、探索魔法のことは秘匿するつもりであるため、もし魔物を探知したとしても、それを他のパーティに教えることはできない。

なので……。


「オーガだ！　４頭……、まずい、気付かれた！」

オーガは、２頭で行動する場合が多い。

そして、今の魔術師込みの２パーティであれば、お荷物の『ワンダースリー』がいてもオーガ２頭くらいであれば問題ない。

そう考えていたのに、まさかの４頭。しかも、既にこちらに気付かれている。

撤退しようにも、森の中でオーガの追跡を振り切れるわけがない。

蒼白になる『冬の城』と『女神の勇者』のメンバー達であるが……。

「これって、アデルさんお得意の台詞、『風下(かざしも)に立ったが、うぬが不覚よ！』というやつですわね

「……」

「逆です、マルセラ様。臭いによる先制探知を許した、風上(かざかみ)側のこっちが『不覚を取った』側ですよ……」

まるで危機感のない、『ワンダースリー』。

「俺達が時間を稼ぐ。お前達は逃げ……」

「ロック・ジャベリン！」

「ウォーター・カッター！」

「ホット・ミスト！」

ほぼ同時に放たれた、詠唱省略魔法。

オークより強靱なオーガの筋肉を貫くため、アイシクル・ジャベリンではなく難度の高いロック・ジャベリンを選択したマルセラ。

アイシクル・ジャベリンは空気中の水分を凝結させて槍の形に形成してから凍結させるか、先に凍結させてから槍の形に削るか、人によってやり方が違うものの、攻撃魔法としてはそう難度が高いわけではない。

……ちなみに、後者の方が強度が高い。

しかし、ロック・ジャベリンは、近くに硬い岩がない場合、土から岩を創り出すのも、遠距離から取り寄せるのも、共に難度が非常に高い。

そしてモニカが選択したウォーター・カッターも、ただの水流ではなく、中に研磨剤として炭化ケイ素を混ぜることによりその効果を飛躍的に高めているが、同じく、炭化ケイ素の作製には非常に高度な想像力が要求される。

そしてそもそも、氷であればともかく、『水で硬いものを切断する』などという発想自体が、この世界の者には思い付かないはずである。

オリアーナが選んだホット・ミストは、魔力が弱いオリアーナが使える一番効果的な攻撃魔法であった。

マイル……アデルと共に開発した、カプサイシンによるホットな霧。

化学兵器にかかるコストが安価なのは、どの世界でも共通であった。

マルセラとモニカの攻撃を受けたがまだ絶命したわけではない2頭と、残りの無傷の2頭。

それら全ての戦闘力を奪い、混乱させるための範囲攻撃魔法である。

これで、再攻撃のための時間が充分に稼げた。

「ロック・ジャベリン！」

「ウォーター・カッター！」

「アイス・アロー！」

「ロック・ジャベリン！」

「ウォーター・カッター！」

「アイス・アロー！」


詠唱省略攻撃魔法の連打。

火災防止のため、森では火魔法は調理か暖を取るため以外では使わないのが常識である。

しかし、『ワンダースリー』はそれ以外にも自身で使う魔法に縛りを入れていた。

オーガは、オークと違い食用肉だけではなく他の部分も素材として値が付く。

そのため、なるべく素材価値を落とさないよう、ズタズタになるような攻撃魔法は避けるという余裕。

「何なんだよ、コイツら……」

そして、『冬の城』のリーダーの呟きと共に、4頭のオーガは地に沈んだ。

＊　＊

「……じゃあ、収納魔法は隠すつもりはないんだな？」

「ええ。これを隠しますと、私達には素材を持ち帰る能力が殆どありませんから、稼ぎが激減しますの。それだと、新米ハンターとしての普通の依頼報酬だけでは、大して稼げませんわ」

「「「「「…………」」」」」

マルセラの説明には、皆、納得するしかなかった。

いくら攻撃能力が高くても、高ランクの討伐依頼が受注できない新米ハンターとしては、狩った獲物を持ち帰る能力がなければどうにもならない。

それは分かる。

分かるのであるが……。

「……狙われるぞ。勧誘という意味でも、誘拐という意味でも……」

「何を、今更……。

今まで、そういうことがなかったとでも？

そして今、私達は健在ですわよね？

……つまり、そういうことですわよ……。

それに、相手を一撃で即死させられる無詠唱魔法が使える魔術師3人を誘拐して、売り飛ばせるとでも？　猿ぐつわをしようが喉を潰そうが、無詠唱魔法には意味がありませんわよ。

取り引きが行われるまで猫を被っていて、取引現場で全員を一網打尽ですわよ」

「「「「「…………」」」」」

御主人様に抵抗できなくなる魔法の首輪や、奴隷紋が刻まれる隷属魔法などという便利なものがあるわけではない。反撃など、無詠唱魔法で一瞬である。

「詠唱省略魔法だけでなく、無詠唱魔法も使えるのか……。

使えるんだろうなぁ……」

がっくりと肩を落とす、リーダー。

そして新人の少女魔術師がすぐに死んでしまわないようにと、少し面倒を見てやるつもりであった『女神の勇者』の女性魔術師ふたりも、がっくりと肩を落としている。

面倒を見てやるつもりであった相手が、自分達より遥かに格上だったと知って……。

しかも、相手は未成年の子供である。

盛大に落ち込んでいた。

「とにかく、確認したかったことは全て、……いえ、それ以上の成果がありましたわ。

これも全て、『冬の城』と『女神の勇者』の皆様のおかげですわ。

私達新米のためにわざわざ合同受注してくださいましたこと、心から感謝いたしますわ。

……では、少し早めではありますが、本日の合同受注はこれまでということにいたしましょう」

そして、マルセラの言葉に、力なく頷く『冬の城』と『女神の勇者』のメンバー達であった……。

＊　　＊

「何じゃ、こりゃあああ～～!!」

どさりと床に出されたオーク6頭、オーガ4頭を見て、思わず大声を出してしまった、解体場の主任。

それも、無理はない。

常軌を逸した馬鹿容量の、収納魔法。

そして収納魔法の使い手がいるというだけで、戦闘能力は殆ど無さそうな、小娘の3人組。

その3人を護りながらでは、いくら2パーティ合同でも、到底狩れそうにない数のオークとオーガ……。

「お、お前達だけで狩ったのか、この数を！」

収納魔法にも驚いたが、どうやらそれよりもこの大量のオークとオーガの方がインパクトが大きかったようである。

3頭のオークを狩れば、持ちきれないだけの肉が取れる。なので、1回戦えば、それで帰るのが普通である。

そのため、一瞬、一度の戦いでこれだけの獲物を、と勘違いしたのであろう。

「……あ、そうか！　コイツらが同時に出てきたわけじゃないか！　馬鹿容量の収納持ちがいるなら、連戦しても全て持ち帰れるから問題ねぇってワケか！

か～っ！　収納持ちがいると、常識ってもんが散歩に出ちまうわな！

戦ったのは、オーク3頭が2回、オーガ2頭が2回、か……。

しかし、見習いの子供を連れて、無茶しやがる……。

いや、見習いがいるから、いいトコ見せようとしやがったのか。

馬鹿野郎、可愛い娘っ子に見栄張ってカッコつけようとしたら、死んじまうだろうが！　てめーらが死ぬのは別に勝手だが、将来美人に育ちそうな女の子達を巻き込むんじゃねぇ！」

長い付き合いなのである。主任は、『冬の城』と『女神の勇者』の実力くらい、把握している。

なので、オーガを含む4連戦がこの合同パーティの許容限度を超えていることくらいは分かっていた。

今回は、ただ運が良かっただけ。そう判断するのは当然である。

「「「「「……………」」」」」

どやしつけられた『冬の城』と『女神の勇者』、そして『可愛い』とか『美人に育ちそう』とかを連発された『ワンダースリー』は、ヘコんだり、赤くなったりと、ぐだぐだである。

かなりの高ランクハンターであっても、普通、解体場の責任者(ボス)には頭が上がらないものである。

下手をすれば、ギルドマスターですら……。

解体場のボスは、ハンターを引退した者が務める場合が多いため、駆け出しのひよっこだった頃にお世話になった先輩だったり、新人講習の時の教官だったり、そして森で危機を救ってくれた元高ランクハンターだったりするので、それも不思議なことではない。

あの、買い取り窓口のオヤジと同じパターンである。

「ふむ、いい切り口だ。腕を上げたな、お前達……」

そして、オーガの切り口を見ながら、そんなことを言っている主任。

炭化ケイ素を混ぜた高圧水流による切断面など見たことがない主任は、それを腕を上げた剣士による切断だと思ったらしい。そしてロック・ジャベリンによって穿(うが)たれた穴は、槍士によるものだと……。

解体場主任の見る目、とんだ節穴であった。

「「「「「…………」」」」」

そして、少し赤い顔で俯(うつむ)く、『冬の城』と『女神の勇者』のメンバー達。

自分達がやってもいないことで褒められても、ただ恥ずかしいだけで、嬉しくも何ともない。

しかし、主任の勘違いを訂正しようにも、下手に説明すればハンターとしての最大の禁忌である『仕事で知り得た他のハンターの秘密の漏洩』を犯すことになる。

勿論、『秘密』の中には、戦闘スタイルや特技、弱点なども含まれる。

それらの漏洩は、対人戦における生死を分けるのであるから、当然である。

……特に、違法な奴隷狩りや不埒な男達に狙われ易い女性ハンターにとっては……。

なので、間違いを訂正したくても、できない。

隠すつもりのない収納魔法だけでも襲われる危険があるというのに、わざわざ『正面から行くと攻撃魔法で反撃されるから、奇襲か搦め手の方がいいよ』とアドバイスしてどうする、ということである。

「「「「「…………」」」」」

こうして、ハンター達全員にとっての、居心地の悪い時間が過ぎていった……。

＊　　＊

「……本当にいいのか、討伐報酬の分け前なしで？　オーガ4頭は全部お前達が倒したのに……。というか、俺達だけじゃあ、オーガ4頭は厳しかっただろう。良くて数人の重傷者、悪けりゃ死人を出すか、下手すりゃ全滅だってあり得たぞ。なのに、お前達の取り分がないというのは……」

「ハンターにとって、契約は絶対ですわよ」

相手の言葉を遮り、当初の取り決め通り、討伐報酬の全ては『冬の城』と『女神の勇者』に渡すと主張し、退かない『ワンダースリー』。

それを申し訳なく思っているらしき『冬の城』と『女神の勇者』であるが、そうすると『ワンダースリー』の稼ぎがゼロかというと、勿論、そんなことはない。

ちゃんと、『2パーティが持ち帰れるだけの素材を剝ぎ取った後、自分達も残った素材をもらう』という約束であったため、オークとオーガの素材の殆どは『ワンダースリー』のものとなったのである。

勿論、実際には現場で切り分けたわけではなく、『多分、この部位を、これくらい担いで帰れるであろう』との自己申告により、それに応じた金額を分配しただけなのであるが、オーク6頭とオーガ4頭のうち、男性7人、女性ふたりに、森から町までどれだけの量を担いで帰れるかというと……。

そう。実質、売却益の殆どは『ワンダースリー』のものとなったのである。

卑怯なほどの『濡れ手で粟』、丸儲けであった……。

＊　＊

「では、アデルさん達が来られるまで、この町を拠点として様々な依頼を受け、『赤き誓い』の皆さんよりこの辺りの状況に詳しくなって、活動の主導権が取れるようにしますわよ！」

「「おおっ!!」」

こうして『ワンダースリー』は、着実に昇格のためのポイントを貯めてゆくのであった……。

# 第百三十一章　商人の少女

「あ！　あなた達が『赤き誓い』の皆さんですね？　指名依頼をお願いしたいのですが！」

「「「「……え？」」」」

ハンターギルド支部に顔を出すと、情報ボードや依頼ボードに近付く前に、15～16歳くらいの少女に声を掛けられた。

「指名依頼？　あの、あなたは……」

戸惑った様子で、そう問い返すメーヴィス。

無理もない。旧大陸であればともかく、ここでは『赤き誓い』はまだ、登録したばかりの超新米パーティなので、指名依頼など来るはずがなかった。

確かに大量の獲物を納入してはいるが、それは、ギルドから購入すれば済むことである。わざわざ余計なお金を払って指名依頼にしなければならない理由がない。

それに、『赤き誓い』が大量納入を行っていることは、ハンターギルド関係者……勿論、一般のハンターも含む……以外にはまだあまり広まっておらず、そして守秘義務の関係で、彼らが積極的にその話を広めることはない。

「あ、申し遅れました、私、自由商人（フリートレーダー）のアルリと申します」

「はぁ……。それで、私達にどのような御依頼を？」

自由商人（フリートレーダー）というのは、商店を構えているわけではなく、かといって荷担ぎや馬車で行商するわけでもない、無店舗営業というか、何というか……。

まぁ、仲介やら何やらでマージンを稼ぐ、碌な資金もない駆け出しの零細商人である。

しかし、いくら駆け出しの零細とはいえ、商人からの指名依頼が来るというのは、普通の駆け出しハンターにとっては実力と信用を認められたということであり、名誉なことである。

……普通の駆け出しハンターにとっては……。

いくら信用度の低い駆け出し商人とはいえ、ハンターギルドを介した依頼であれば依頼料は事前にギルドに供託されるため、踏み倒される心配はない。

「はい、依頼料は小金貨８枚。依頼内容は、オーク４頭の納入です」

「「「「……え？」」」」

皆、自分の耳を疑った。

「……すみません、もう一度、お願いします……」

恐る恐るそう言ったメーヴィスに、少女は再度、はっきりと言った。

「オーク4頭の納入、依頼料は小金貨8枚。……あ、ハンターギルドは通さない依頼主と受注者の直接契約、『自由依頼』でお願いします！」

「「「「**何じゃ、そりゃあああああ～!!**」」」」

『赤き誓い』の4人だけでなく、それとなく聞いていた他のハンターやギルド職員達も、堪らず叫んだ。

「あ、あああ、あんたねぇ。オーク4頭なら、そんな依頼は受けずに直接ギルドの買い取り窓口に出した方が、その何倍もの値が付くわよ！　……あんた、馬鹿なの？」

レーナの突っ込みに、少女は平然と答えた。

「いいえ、そういうわけでは……。……でも、もしかすると、あなた方がそうかもしれないと思いまして……」

「「「**何じゃ、そりゃあああああ～!!**」」」

＊　　　＊

あまりのインパクトに、却って興味を惹かれた『赤き誓い』一同は、何か事情があるのかと思い、ギルド内の飲食コーナーでもう少し詳しい話を聞くことにした。

……物好きにも、程がある。

ただ、『赤き誓い』はお金には困っておらず、おかしな依頼には興味があった。

お金に不自由している他のハンターなら、一蹴している案件である。

そしておかしな案件なので、そういうのの担当であるマイルが場を仕切っている。

「……で、どうしてそのような無茶な条件での依頼を？」

何か事情があるのだろうと思ったマイルのその質問に、『赤き誓い』だけでなく、他のハンターやギルド職員達も興味津々で耳を澄ませている。

そして……。

「いえ、そうすれば、儲かるじゃないですか」

「「「「「**何じゃ、そりゃああああ〜〜!!**」」」」」

さっきから、ギルド内で同じ叫びが何度も繰り返されているが、さすがにそれは仕方ないであろう。

今のに耐えられるハンターやギルド職員は、いない……。

「こっ、この女（アマ）……」

「ぶっちゃけやがりましたよ……」

「少しは取り繕おうよ……」

「たはは……」

「しかも、ギルドを通さない自由契約ぅ？　それって、ギルドに事前に依頼料を払い込まないから、踏み倒される危険があるじゃないの！　しかも、ギルドを介していないから、トラブルが生じてもギルドからの支援は受けられないし、怪我をしても見舞い給付金も出ないわよ！　おまけに、功績ポイントも入らない！　誰が受けるっていうのよ、そんな筋が悪い依頼なんて‼」

明らかに罠っぽい内容に、吠えるレーナ。

他のハンターやギルド職員も、うんうんと頷いている。

ギルドも、それでは手数料が入らないため収入にならない。

余所で持ち掛けるならばともかく、ギルドの受付窓口の前でハンターにそんな話を持ち掛けるなど、正気の沙汰ではなかった。

『赤き誓い』がいくら常識外れのパーティだとはいえ、さすがにこの件においては常識人はレーナ達の方であった。

「商人は、誠実でなければなりませんよ！」

「誠実と馬鹿正直は違いますよっ！　もっと、駆け引きとか、建前とかを……」

「マイル、悪事に余計なアドバイスをしちゃ駄目だよ……」

マイルに苦言を呈するメーヴィス。

自分のことは棚に置いて、『誠実』などというふざけた言葉を口にするポーリンのことは、スルーされた。

「……とにかく、家族が人質に取られているとか、今日中に金貨10枚を払わなければ妹が売り飛ばされるとか、何かそういう事情は……」

「いえ、別にありませんが？」

マイルの、一縷（いちる）の望みを託した質問も撃沈された。

「「「「……」」」」

「「「「…………」」」」

「「「「……………」」」」


「どうすんのよ、コレ！　こんなのをわざわざ飲食コーナーに連れてきて話を聞こうとするなんて……。

どうせ、私達が誘ったのだから飲食費は全額私達持ち、とか思ってるに決まってるわよ。この大量の注文、それも高いヤツばかり頼んでいる状況から、明らかにね。

いいえ、それは別にいいのよ。元々そういうつもりだったから。

……でも、これから頼み事をしようとする相手に対して、それを当然のこととして高いものばかりを集中的に頼みまくるというのは、明らかに性格的に問題があるでしょうが！　そんなのとギルドを通さない自由依頼なんか契約できるもんですか！」

　そう言って、テーブルをドン、と叩くレーナ。

「……マイル、あんたが責任を持って断りなさい！」

　断れドン、である。

　激おこの、レーナ。

「えええ、そんなぁ！　ここはひとつ、商人のことに詳しいレーナさんとポーリンさんの出番かと……」

「知らんわっ！」

「知りませんよっ！」

「たはは……」

　マイルの言葉を拒絶する、レーナとポーリン。

　……当たり前であった。

　こんなのに関わりたいと思う商人はいない。

　いや、商人以外でも、いないであろう。

　勿論、断ることは最初から決定している。ただ、誰がこの話が通じなそうな少女にそれを説明し納得させるという苦行を引き受けるか、その役目の押し付け合いをしているだけである。

　ただ『断る！』と言って済めば問題ないのであるが、３人には、絶対にそれだけでは済まないような予感が……、いや、確信があったので……。

そして、自分には関係ないと思っているのか、苦笑するメーヴィス。

「じゃあ、パーティリーダーであるメーヴィスさんが……」

「無理！」

マイルの縋(すが)るような言葉を、速攻で叩き落とすメーヴィス。

さすがのお人好しも、これは受けてくれないようであった。

……というか、お人好しだからこそ、『依頼や頼みを断る』というような役目は苦手なのであろう。

そしてそれらの言い合いを、断るべき相手の真ん前で繰り広げるレーナ達。

既に、皆の意思は完全に伝わっているはずである。

……普通であれば……。

*　*

「……で、あなたは商人を目指していると？」

「いえ、もう既に商人ですよ。自由商人(フリートレーダー)とはいえ、ちゃんとした商業ギルドの一員ですから！」

「「「「…………」」」」

すぐに断ればいいものを、なぜかあれから、常軌を逸した『自称、商人』の少女に更に色々と話を聞いている『赤き誓い』。

怖いモノ見たさというか、自分達には理解できない人種に興味を持って、人間というものに対する勉強をしようとしたのか……。

そして、商人の少女からこんな質問が放たれた。

「あなた達、オークとオーガは一日3頭までしかギルドに納められないのでしょう？　ギルド側の勝手な都合で、価格調整のために制限を設けられて……」

「え？　あ、はい、そうですけど……」

別に隠しているわけではないが、わざわざ触れて廻っているわけでもないため、それはギルド職員以外にはあまり知られていないはずである。

そしてギルドとしては、自分達の都合でハンターに制限を強いるというのは体裁が悪いため、わざわざそれを公言するとは思えない。おそらく、職員には口止めしているはずである。

「どうしてそんなこと知ってんのよ！」

しかし……。

なので、マイルは何の気なしに認めてしまったが、レーナはそれを聞き咎めた。

「商人が、大切な情報源をぺらぺらと喋り教えるとでも？」

「くっ……」

いくら駆け出し、かつ常識外れとはいっても、さすがに商人としての大事なところは押さえているようであった。

そう言われては、父親とふたりで行商の旅を続け、自分も一端の商人であると思っているレーナには文句が言えない。

そして……。

「せっかく規格外の収納魔法持ちで荒稼ぎできるというのに、それじゃあ宝の持ち腐れ。そこで、ハンターギルドの納入制限に縛られることなく、それとは全く関係のない私に直接、大量の素材を卸していただければ……」

「「「なる程！」」」

「「「「おいおいおいおい！」」」」

**「「「「やめろオオォ～～!!」」」」**

納得の声を上げる『赤き誓い』。

おそらくギルドとしては内緒にしたかったであろうネタを大声で喋るという暴挙に、呆れ声の居合わせたハンター達。

そして、広めたくない話をぺらぺらと喋られた上、せっかくの価格調整をぶち壊し、台無しにされる悪だくみをギルド内で堂々とされ、悲鳴を上げる職員達。

「……オマエら、ちょっと来い！」

そして、いつの間にか後ろに立っていたギルドマスターに、5人揃ってドナドナされるのであった……。

＊　＊　＊

「ふざけんなよ、オマエら!!」

激おこの、ギルドマスター。

「いや、その、別に私達は……。

ただ、この商人の子から指名依頼を持ち掛けられて、その内容について色々と聞いていただけで……」

メーヴィスがそう言って『自分達は悪くない』と必死で説明するが……。

「うるさいわ！　あんな大声で、ぺらぺらと喋りやがって！

ギルドの都合で所属ハンターに仕事の制限をかけるなんざ、恥ずかしいことなんだよ！　察しろよ、そのあたり！　常識で考えれば分かるだろうが!!」

残念ながら、そのあたりの常識には疎い、『赤き誓い』であった。

それに、それはハンターがギルド側から怒られるようなことではない。

ギルドが『恥ずかしい』と思うということは、それ即ち、ギルドの力不足、ギルドの恥だからであろう。

なので、ポーリンがそこを追及したところ……。

「だー！　そんなこたぁ、分かってるんだよ！　だから、羞恥（しゅうち）と自己嫌悪で、怒鳴りでもしないとやってられないんだよ!!」

そんなことを言うギルドマスターであるが……。

「大人が、みっともないですね……」

「醜態……」

「憂さ晴らしで罪のない少女を怒鳴りつけるなんて……」

「恥の上塗り……」

タコ殴りの、袋叩きであった。

「すみません、うちのギルマスが馬鹿なせいで……」

そして、脳筋のギルマスを補佐するために付いている受付嬢から謝罪の言葉を受ける『赤き誓い』と商人の少女。

「……で、本当に勘弁してくださいね？」

「え？」

「**ほ・ん・と・う・に、勘、弁、し・て・く・だ・さ・い・ね！**」

受付嬢は微笑みを浮かべていたが、眼が全然笑っていなかった。

「「「は、ははは、はいっ!!」」」

レーナ達は引き攣った顔で即答したが、商人としての人生を懸けているとすれば、たかが受付嬢に睨まれたり凄まれたりしたくらいで、簡単に儲け話を諦めたりはしないであろう。

……いや、人生を懸けていなくても、商人が他者からの横槍程度で儲け話を諦めるはずがない。

それも、他の商人が『一時的に魔物の素材が過剰供給され、すぐに元に戻ったこと』をあまり深く考えず、高ランクのハンターパーティが数日間街に滞在し去って行ったのであろうと軽く流していたところを、自分だけが真実に辿り着いての、一世一代の大金星である。

それを、易々と手放し、諦めるはずがなかった。

なので……。

「では、場所を移して、ハンターギルドとは関係なく商業ギルドの加盟者である私と仕事の話を……」

「やめんかあああっ!!」

受付嬢とギルドマスターが、コメカミに青筋を立てて怒鳴りつけた。

それを見て、受付嬢もあまりギルドマスターのことは言えないのでは、と思う『赤き誓い』一同であった。

そして、このままではギルド側と少女の主張は永久に平行線であり話が進まないと思った『赤き誓い』が、ギルドが制限を掛けた理由はちゃんと理解しているからギルドが困るようなことはしないと約束し、少女を連れてハンターギルドを辞去したのであった……。

＊　　＊

「……で、どうして私達はこの子と一緒に行動しているんだい？」

「「「…………」」」

そう。

なぜか、駆け出しの商人の少女アルリが、まだ『赤き誓い』と一緒にいるのである。

そして、『さっさと断ればいいだろう』という、ごく常識的なことを考えているのが、なぜかメーヴィスひとりだけなのである。

レーナとポーリンは、『こんな常識のない危険物を野に放つのは、同じ商人の端くれとして、看過できない！』という、何だかよく分からない使命感から。

……そしてマイルは、ただ単に『何だか、面白そうな子だなぁ』という思いからであった。

もしかすると、コミュ障で友達がいなかった前世の自分(みさと)と少し被って見えているのかもしれなかった。

いや、言いたいことも言えなかった海里とは違い、とんでもないことをずけずけと言い放つアルリは、全く被るところがないと思われるのであるが……。

ただ、『友達がいなそう』という点では、丸被りのような気がする。

そして、宿にまでついてきたアルリであるが……。

「大量の魔物素材を流すのがハンターギルド経由でなくともマズいのであれば、他の儲け口がありますよっ！」

「どんな方法ですか？」

儲け話と聞いて、興味津々で食い付くポーリン。

「荷運び屋です。重量物、嵩張るもの、そして壊れやすいもの。馬車を必要とせず、大量輸送。これなら……」

「あ～」

「あ～」

「あ～……」

「え？」

反応が悪い『赤き誓い』の面々に、戸惑うアルリ。

「あの～、私達は『Cランクハンター』なので……」

「荷運びは、専門の業者か、稼ぎが悪いDランク以下のハンターが生活のためにやむなく受ける雑用扱いだわよ！」

「Cランクの私達がそういう仕事を受けるのは、ハンターとしては恥ずかしい行為なんだよ。専門業者や新人ハンターがやるべき仕事を上の者が奪う、ってことになって……」

「いくら大容量の収納魔法があるから規模が違うとは言っても、その事実は変わらないわけで……」

「え……」

ハンターについてそんなに詳しいわけではない駆け出し商人なら、そのあたりのことは知らなくても仕方ないであろう。

そして……。

「じゃあ、宝飾店の前を通る時に、商品を収納すれば……」

「犯罪だよっ！」

「窃盗じゃないの！」

「そんなこと、できるはずがないですよっ！」

「……そうか、その手がありましたか！」

「「ポーリン!!」」

「ポーリンさん……」

冷たい目でポーリンを見る、３人。

「じょっ、冗談ですよっ、冗談！」

慌ててそう言うポーリンであるが、他の者が言ったならともかく、ポーリンだと洒落にならない。

「いや、皆さん、私を何だと思ってるんですか!!」

焦るポーリンであるが……。

「守銭奴」

「カネの亡者」

「お金のためなら、何だってやる」

「「「アルリの同類」」」

「何ですか、それはあああぁっっ!!」

ポーリン、パーティの仲間達に正しく認識されているようであった。


ポーリンが少し機嫌を損ねたため、ちょっとイジり過ぎたかな、と思い、マイルが話をアルリに戻した。

「アルリさんは、どうして商人になられたのですか？　あまり向いていないように思うのですけど……」

マイル、かなり失礼なヤツである。

普通、今日会ったばかりの相手に、面と向かってそんなことは言わない。

前世の妹が聞いたら、『そういうトコだよ、お姉ちゃん……』とか言いそうである。

「父さんが、商人……」

「あ、やはりお父さんの跡を継ぐために……」

「は力仕事をして汗を流さなくても楽に稼げていいなぁ、と言っていたから……」

「と違うのですかあっ！」

「「商人を舐めるなアァ!!」」

呆れるマイルと、激おこのレーナとポーリン。

……どうも、話がうまく進まない。

それに、何だかアルリの声が低くなり、抑揚もなくなっている。

顔も無表情になっており、先程までのテンションがなくなっている。

喋るのも遅く、口数が少なく……。

「どうして急にテンションが下がって、そんなに極端に無表情で無口になるんですかっ！」

「……これが地……。仕事の時は、無理してああいう役作りをしてる……。

そろそろ、無理が来て時間切れ……」

「「「**何じゃ、そりゃああっ!!**」」」

やはりマイルが言っていた通り、商人には向いていないようであった……。

＊　　＊

「……では、アルリさんは王都に住んでいた、と……。じゃあ、どうして地方都市に来られたのですか？　普通なら、商人は王都へ行きたがるものだと思うのですけど……」

マイルの言葉に、うんうんと頷くレーナとポーリン。

そして、アルリの返答は……。

「地方都市で生まれ育った目端の利く商人はさっさと王都へ行くだろうから、残っているのは能力がない者達ばかり……。なので簡単にのし上がれると思った……」

「「「…………」」」

いや、言わんとしていることは分かる。

そして、何となく理解できなくはない。

しかし……。

**「「「何じゃ、そりゃあああ〜〜っっ!!」」」**

……そう。やはり、理解はできても、納得はできない考え方であった……。

「地方都市の商人はみんな馬鹿、ってわけじゃないわよ！」

「その論法だと、あなたも王都でやっていける能力がない馬鹿だってことじゃないですかっ！」

「……そして、全然のし上がれてないじゃないですか……」

「たはは……」

手強（てごわ）い。

……戦うのとは、別の意味で。

何だか、疲れてきた『赤き誓い』一同であった……。

＊　＊

そして、翌朝。

「じゃあ、今日も一日、頑張るわよっ！」

「「「おおっ！」」」


「……」

「「…………」」

「「「……………」」」

「「「「………………」」」」

「どうして、ひとり多いのよっ！」

そう。

レーナの掛け声に対する返事が、四つ。

ひとり、多かった……。

（宇宙大学の入学試験かな？）

そしてマイルは、いつものように、よく分からないことを考えていた。

「……ここは、員数外の闖入者（ちんにゅうしゃ）を炙（あぶ）り出して……」

「余分なのはアルリに決まってるでしょうがっ！」

レーナに冷たく断言されてしまい、せっかく推理ごっこができると喜んでいたマイル、がっくりである。

「今からハンターとしての仕事に行くのに、どうして商人のアンタがついてくるのよ！　いえ、たとえアンタがハンターだったとしても、ついてくる理由がないでしょうがっ!!」

「そうですよっ！　それに、よく考えてみたら、商人で守銭奴。キャラが私に丸被りじゃないですか！　私の立ち位置（ポジション）を脅かすつもりですかっ!!」

レーナに続き、不機嫌そうなポーリンの声が……。

（（（あ、キャラ被りに気付いてなかったんだ……。そして、守銭奴という自覚はあったんだ……）））

しかも、『自称、商人』には、レーナもいる。

5人中3人が商人では、個性が埋もれてしまう。

強烈な個性があるレーナはそんなことは全く気にしていないようであるが、自分が地味で目立たないと思っているポーリンにとっては、それは大問題のようであった。

メンバー達は、『守銭奴』、『巨乳』、そして『腹黒さ』で、ポーリンには充分強烈な個性があると思っているのであるが……。

「まぁ、別について来られても問題はないんですよね、私達にとっては……。

収納魔法については既にハンターギルド内において公表済みですし、私達が低ランクだったのは今までハンター登録をしていなかったからであって、毎回オークやオーガを狩ってきますから、Cランク上位からBランク並みの実力だということも皆さんご存じですし……。

それも、今はCランクになっていますしね。

なので問題があるとすれば、それはアルリさんが私達が行く狩り場の危険度に耐えられるかどうか、という点なのですが……」

マイルは『問題ない』と言っているが、ポーリンのホット魔法の正体……辛み成分であるカプサイシンが抽出できる……を知られるのは、マズい。お金になる、出元を調べられる、金の亡者達が集(たか)ってくる、の3連コンボ間違いなしである。

しかし、マイルはそれには気付いていないようであった。

「え……」

そしてマイルの説明に、顔色が悪くなったアルリ。

農民の娘から商人を目指したらしいアルリには、当然のことながら、魔物との戦いの経験などない。なので、ゴブリンやコボルト相手でも瞬殺されることはほぼ確実である。

そして、Cランクとなった『赤き誓い』が向かう狩り場は、スライムやコボルト、ゴブリンとかの新米ハンター用の魔物しか出ないようなところではない。

到底、ハンターではない普通の少女が安全に行動できるような場所ではなかった。

「かっ、考えてみれば、商人は獲物や素材を買い取り、売るのが仕事ですよね！　他の業種の人達の仕事に割り込むのは、良くないことです！」

どうやら今は商人らしく振る舞うための『ハイテンションモード』らしく、早口でそう捲し立てるアルリ。

「では、私はここで、皆さんのお帰りをお待ちしています！」

＊　　＊

「……で、どうすんのよ、アレ……」

狩り場である森へと向かいながら、困ったような口調でそう溢す、レーナ。

「どうする、って言われても……」

同じく、困ったような顔で答えるメーヴィス。

「他のハンターやハンターギルドに迷惑を掛けないためには、ギルドマスターとの約束を破るわけにはいかないし、約束の内容の穴を突いて商業ギルドや商店に直接売る、ってこともできないよね。

そして、もしそうするとしても、私達が直接売ればいいのであって、わざわざあの子を間に挟んで利益の一部を中抜きさせなきゃならない理由はないよね？」

「勿論、その通りですよ！　我ら『赤き誓い』には、ちゃんと商売担当の私がいるのですから！」

ポーリン、そこは絶対に譲れないようであった。

「そもそも、マイルちゃんの収納目当てで集ってきただけの、零細商人ですよ。

そんなのに、私達には何のメリットもないのに同情心で儲けさせてあげたら、どうなると思いますか？」

「街中の零細商人、駆け出し商人が集ってくる……」

「いいえ、違いますね」

マイルの返答を否定する、ポーリン。

「街中の、ありとあらゆる商人と、商人以外の金の亡者達が押し寄せてきますよ。

当たり前でしょう、ちょっとしつこく付きまとえば大儲けできる素材を簡単に吐き出す、打ち出の小槌ですよ。

だから、面倒事に巻き込まれたくなければ、私達はハンターギルド以外に納品しちゃ駄目なんですよ、ギルドマスターとの約束が、あろうが、なかろうが……。

商業ギルドとの直取引も、やめた方がいいですね。ハンターギルドとの業務分担の取り決めがあるでしょうし、有力商人からの圧力にはあまり逆らえないでしょうから。

ハンターギルドのようにはいかないでしょうからね、商業ギルドは……」

「はえ～……」

ポーリンの説明に、目を丸くしながらも納得した様子のマイル。

「じゃあ、アルリさんは完全無視、一切相手にしない、ってことですか？　それも、ちょっと気の毒なような気が……。

他の商人が気付かなかったことにただひとり気付いて、自分の人生を懸けて食らい付いてきたのでしょう？　その才能に敬意を表して、象印賞とは行かなくとも、せめて努力賞か熱演賞くらいは……」

「また、ワケの分からないことを……」

レーナが呆れるが、今回は『象印賞』という謎の言葉以外は理解できるだけ、いつもよりは少しマシであった。

「まだ他の商人は気付いていないようですし、1回限りで、何かちょっと儲けさせてあげて、それで縁切り、というのはどうでしょうか？」

マイルがそう提案するが……。

「甘いですよ。こっちはそのつもりでも、商人が一度摑んだ金蔓をそう簡単に諦めて手放すはずがないでしょう。ずっと付きまとわれますよ、絶対！」

言っているのがポーリンだけに、説得力があり過ぎた。

「困ったわねぇ……」

「困ったねぇ……」

「困りましたねぇ……」

普通のハンターであれば、自分達の秘密を嗅ぎ付けて、付きまとってきたり強請ってきたりした者は、密かに処分、というのが当たり前であろうが、勿論、マイル達はそんなことをするつもりはない。

なので……。

「やはり、御祝儀として1回だけ何か金目のものを卸してあげて、『これが、最初で最後。それが嫌なら、何も卸さずに、これで縁切り』っていうことにしてはどうですか？　今後、他の者からの依頼も一切受けない、ということにして……」

そう提言するマイル。そして……。

「う～ん、仕方ないわねぇ……。本当はそんなことをしてあげる必要もないんだけど、アンタは頑張った者には御褒美をあげる主義だからねぇ……。

ま、私はそれでいいわよ。もしその後に面倒事が起きれば、この街から出て王都を目指せばいいだけだものね」

「私も、それで異議はないよ」

「皆さんがそう言われるなら、私も特に問題はありません」

レーナ、メーヴィス、そしてポーリンも、マイルの案を了承した。

「じゃあ、マイルの収納に入っている高ランクの珍しい魔物を1頭だけ売ってやればどうかな？　それなら他の魔物の相場には影響しないだろうし、かなりの利益が出て、小さな店を持てるんじゃないかな？　そうすれば、満足して店の経営に専念するんじゃあ……」

「駄目よ」

メーヴィスの案は、レーナに一蹴された。

「そんなの、高く売れる魔物をもっと寄越せと言って、更に纏い付かれるに決まってるじゃないの。おまけに、それを知った他の商人達も群がり寄ってくるわよ。

一回限りで、二度目はない、ってことが分かるような状況にしないと……。

それに、そんな高ランクの魔物が狩られたとなれば、どこで、いつ狩られたのか調べられて、国から調査隊が派遣されて、大騒ぎになるわよ。

魔物が1頭だけ空気中から湧いて出るわけないから、そのあたりには最低でも数十頭の群れが生息していると考えてね。

そうすれば当然、私達が狩ったこと、そしてハンターギルドの加入者という以外の後ろ盾のない流れ者の小娘が4人で狩ったということが公（おおやけ）になり、そうなると……」

「「「あ～……」」」

そこから先は、言われなくとも分かる。

「そもそも、居もしない高ランクの魔物の危険に対処するために、領軍や国軍に調査隊を出させたり、周辺住民の不安を煽ったり、ハンターのその周辺での活動を制約したりと、大勢の人達に迷惑掛けまくりですよ。もし後でそれが嘘だと分かったら、莫大な賠償金と、処罰として国か領主に身柄を押さえられて、いいように扱（こ）き使われますよ」

「確かに……。国としては、そんな便利な4人組（フォーマンセル）、鉱山奴隷にするよりも拒否権のない戦闘奴隷にした方が、ずっと役に立ちますからねぇ……」

ポーリンの言葉に、そう言って頷くマイル。

「「「駄目か……」」」

そして、しばらく沈思黙考に耽る4人。

「……そうだ！　海棲魔物（シーサーペント）はどうですか？　あれなら、どこで狩ったかとか、まだその辺りに群れが、とかいう問題がありませんよね。そして、素材が全く出回っていないですから、相場の値崩れとかは関係ありませんよ。

好きなだけ狩っても、値崩れしようがしまいが、迷惑を受ける人達は誰もいませんよ。

そして、もっと欲しければ自分達で狩りに行ってくださいよ、私達はもうあんな危険な真似は二度と御免ですよ、と言えば……」

「「「なる程！」」」

マイルの提案に納得する、レーナ達。

確かに、小舟で外洋に出て海棲魔物（シーサーペント）を狩ろうとするハンターなどいないし、その素材が出回ることなど、たまたま死んだ海棲魔物（シーサーペント）の死体が海岸に打ち上げられた時くらいであり、その時には肉や皮の大半は腐っていたり、海洋生物に食べられていたりして、骨や歯くらいしか使える素材はない。

そしてそれですら、何年に一度、あるかないかであった。

稀少な素材。どこに行けば狩れるかはみんなが知っている。そして誰も、ハンターに対して『あそこへ行って、もっと狩ってこい』などということが言えるはずがない、危険な狩り場、危険な獲物。

「いい案ね。……で、どうやって外海（がいかい）まで出るのよ？」

「「「あ……」」」

レーナの質問に、固まる３人。

確かに、あの時は簡単に狩れた。

しかしそれは、移動のための乗り物としてのケラゴンの存在と、戦うためのプラットフォームとしての船の存在があったからである。

ケラゴンの存在は、別に必要ない。

しかし、船は必要である。

マイルなら空を飛べなくはないが、他の3人のことや、戦い、獲物の回収、その他諸々を考えると……。

そして、そんな危険なことのために船を出してくれる漁師がいるとは思えなかった。

船というものは、漁師にとってはひと財産である。

おそらく、現代の日本人が都会の一等地に建てたマイホームくらいの価値観であろう。

自分の魂。漁師を継ぐ息子に受け継がせる、大切な財産。

それを、初対面である余所者の小娘の妄言に乗せられて外海へと乗りだし、海棲魔物（シーサーペント）を狩る？

そのような話に乗るのは、馬鹿だけである。

＊　　＊

「……よし、乗った！」

「あんた、馬鹿なの！」

そして、なぜかそんな無謀な話を受けてくれた、漁師のオヤジ。

年齢は60歳前後。

「もう、人生の元は取った！　このまま老いさらばえて皆に迷惑を掛けながら生きて行くくらいなら、その前に相棒と一緒に旅に出ようかと思っておったところだ。

息子が自分の船を新造したから、譲った儂の船を返してきおったからな。

ボロボロの年寄りと、ボロボロの老船じゃ、共に、砕け散っても惜しくはないぞ！

それが、４人もの美人の女子と一緒だなどと、貴族様でも出来ぬ贅沢じゃろう。

天国へと昇天できること、間違いなしじゃ！」

……この世界では、60歳というのはかなりの高齢である。

人は盲腸や肺炎で簡単に死ぬし、戦争で死ぬより多くの人数が出産時に死ぬ。子供も、母体も。

そして栄養状態が悪いため、老化が早い。おまけに、何十年も潮と太陽に晒され続けた皮膚はひび割れ、シワが多い。

この年齢まで生きて、子供や孫を残せたならば、思い残すことはないのであろう。

そしてあとは、皆に老醜を晒すことなく、立派な最期を見せることができれば、望外の幸せなのであろう……。

「ヴィラルじいさん、そりゃズルい！」

「その仕事、儂に譲れ！」

「おめぇは船を持っとらんだろうが！」

「頼む、儂も乗せてくれ!!」

周りで話を聞いていた老人達が群がり、収拾がつかなくなってきた。

ここは、『赤き誓い』がこの大陸に来て最初に訪れた、あの漁村である。

馬鹿な船持ちの漁師がいないかと思って来てみれば、あの時の宴会に参加していた年寄り達が集まってきた。そして、馬鹿がいないか聞いてみたところ、この始末である。

「死にに行くわけじゃありませんよっ！　死ぬなら、自分達だけでお願いしますよ。若くて将来のある私達が道連れにされるのは願い下げですよっ！」

「わはは、確かに、そりゃそーだ！」

「「「「わはははははは！」」」」

というわけで、船と操船手は確保できた。

……できてしまったのであった……。

＊　＊

港を出て、外海へと向かう一隻の漁船。

三角帆をひとつ備えただけの小さな船であるが、『赤き誓い』が戦うためのスペースは充分にある。獲物はマイルの収納に入れるので、問題はない。

推進力は櫂と帆の併用であるが、今回は風魔法が使えるため、帆の出番が多そうであった。

……さすがに、常時風魔法を使いっぱなし、というのは無理であるが、出入港時や、ここぞという時に使えるだけでも、かなり便利である。

そして、漕走においては……。

「凄ぇな、嬢ちゃん達……」

「うちの孫の嫁に来てくれんかのぅ……」

「「たはは……」」

そう。老人達に漕走のための過酷な櫂漕ぎをさせるに忍びず、立候補したマイルとメーヴィスであるが……。

凄すぎた。

マイルはともかく、機械の左腕と、その出力の反動に耐えられるように全身に手を加えられたメーヴィス。そして、『気の力』という名目の、身体強化魔法。

このふたりの力は、年老いてなお鍛え上げた肉体を誇る老人達を遥かに凌駕し、皆を驚かせるのであった。

「いや、いくら嫁に漕走能力があっても、漁師の嫁は船には乗らず、家を守っているのだから、意味ないでしょうが！」

「「「それもそうか……」」」

レーナの言葉に納得しかけた老人達であるが……。

「いや、ひ孫にその力が伝われば……」

「「「なる程!!」」」

「だから、まだ当分は結婚する予定はありませんよっ！」

『赤き誓い』の４人と、船の持ち主である老人ヴィラルを含めて４人の、引退した元漁師の老人達。

老人達は『エスコート役の人数は合わせんとな』、とか言っていたが、どうやら海で死んだ漁師達が召される、勇敢なる戦士達の楽園の『漁師版』があるらしいのだ。

そんなところへは行きたくない、と思う『赤き誓い』一同であるが、余計なことは言わず、黙っていた。

……そもそも、ここで死ぬつもりはないから、関係ない。

そして船は外海へと向かい……。

「延縄、よ〜い！」

「「「ヨーソロー」」」

「……え？　海棲魔物を延縄で？」

疑問に思ったマイルであるが……。

「いやいや、アレはいつ襲ってくるか分からんからな。せっかく危険覚悟で外海へ出たんじゃ、手付かずの漁場がどんなもんか、試してみたいに決まっとろうが！　海棲の魔物が跋扈する外海に出て漁をするなんざ、漁師にとっては一生の憧れ、夢なんじゃ。最後にそれを叶えても、罰は当たらんじゃろ！」

「なる程……」

そういう、『男の夢と憧れ』というものには、理解があるマイルであった。

メーヴィスも、うんうんと頷いている。

勿論、延縄とは言っても、地球のもののように幹縄の長さが数キロメートルとか１００キロメートルオーバーとかいうことはない。たかが数十メートルのものが１本だけである。

というか、現地語では別の名で呼ばれている、全くの別物なのであるが、日本語において最も近い言葉が『延縄』ということである。

そして……。

＊　　＊

「来たァ！　……うっ！　イ、イカン、余程の大物か、中型がたくさん食い付いたか……。重くて引けん！　みんな、手伝ってくれぇ!!」

1本だけ流した延縄であるが、その1本の幹縄からは多数の枝縄が出ているため、一度にたくさんの獲物が掛かる。

今回は、しばらく設置してから回収するのではなく、流してからそのまますぐに引き揚げたのであるが、獲物がスレていない、文字通りのブルーオーシャンであるため、入れ食い状態のようであった。

そして、予想外の大物、もしくは大量に掛かったかで、総員態勢の要求が出たわけである。

なので、老人4人とメーヴィス、マイルの6人で、必死で幹縄を引き揚げる。

便利な動力巻上機などない。獲物が食い付いていない枝縄の鉤(はり)に注意しつつ、懸命に……。

マイルは力はあっても、体重が軽い。そしてここは船上であるため、濡れた甲板は滑るし、足を甲板にめり込ませるわけにもいかない。

……つまり、あまり力が発揮できないのである。

ここでは、左腕にモノを言わせたメーヴィスの方がマイルより遥かに戦力になっていた。

レーナとポーリンは、最初から戦力外である。近くにいない方が、邪魔にならなくて遥かにマシであった。

＊　　＊

僅か数十メートルを巻き上げるだけで、かなりの時間を要した。

そして今、へばって座り込んでいる老人達の前に転がっている、たくさんの獲物。

小さいのは30センチ前後、大きいものは2メートル以上ある。

もっと大きいものもいたが、それは甲板に引き揚げられず、マイルが海中から収納（アイテムボックス）に直接取り込んだ。

毒持ちとか不味くて食べられないものは、皮や歯が素材として売れるものを除き、そのままリリースした。

人間には役に立たない魚も、自然界のバランスの一翼を担っている可能性があるから、意味もなく殺したりはしない。

ゴブリンとは違うのだから……。

「……ふは。見ろよ、これ……」

「白銀サーモン……、虹色（レインボー）トゥンヌス、マーリン……」

「こんなデケぇ虹色（レインボー）トゥンヌスなんか、何十年振りに見るかなぁ……」

「最後に、こんな漁ができるたぁ……」

**「「「我が漁師人生に、一片の悔いなし!!」」」**

「あの～、盛り上がってるとこに悪いんですけど、今日の目的は普通の魚の漁じゃないんで……」

そう、ちゃんと船のチャーター料、人件費に危険手当まで付けて、前払いで支払い済みなのである。

生還の確率が低いからと、それらは家族に渡されている。

家族達は、涙を流してはいたが、誰も老人達を止めようとはしなかった。

漢（おとこ）の花道、自分の死に場所を見つけた老人を止めることはできない。

皆、そう思ったのであろう。

ここはそういう世界であり、そして漁師の村なのだから……。

「餌や獲物の血がかなり流れました。そろそろ来る頃だと思います。

皆さんは、隅の方に固まって防御態勢を。

レーナさん、ポーリンさん、戦闘用意です！」

そう言いながら、老人達の感慨用にと甲板に残していた獲物や延縄、その他の邪魔になるものを全て収納し、甲板上をクリアにするマイル。

そして選手交替、隅っこの場所を老人達に譲り、甲板の中央へと進み出たレーナとポーリン。

小さな漁船とはいえ、甲板部分は小柄な少女４人が戦えるくらいのスペースはある。

特に、敵も甲板上にいて戦うわけではなく、海中から身体を乗り出してくる敵を叩くだけであるし、剣を振り回すのはマイルとメーヴィスだけ、レーナとポーリンは殆ど動かず、手足を振り回すわけでもないため、余裕であった。

「……来ます、右舷2時30メートル、深さ10メートル！　細長い魔物の群れが、高速接近中！」

当然ながら、今回は探索魔法を使っている。でないと、水中からの敵襲が奇襲になってしまう。

老人達を死なせることも、船を沈められることも許容できない。

船底に穴を開けられる前に、敵を倒す。

普通にウネウネしたやつならばともかく、カジキのような尖ったやつで、しかも木板を貫けるような強度を持つヤツは、マズい。

なので今回は、マイルは老人達の護衛と、探索魔法により船底へと向かう敵を探知したらバリアを張る、という役割を担っている。そして余力で海棲魔物（シーサーペント）の討伐。

バリアはレーナも張れるが、マイルのような器用なことはできず、自分と周囲の者を囲める程度であるが、それでも充分である。

……但し、バリアを張ると内側からも攻撃できないし、バリアの魔法をホールドしていると、他の魔法が使えないため攻撃に参加できなくなる。

そのため、敵に押されて危なくなるまでは、レーナはバリアを使う予定はない。

「この大陸に来る時に会ったヤツなら、問題ないのですが……」

マイルがそう言うが、海棲魔物（シーサーペント）というものは全身が見えることは少なく、数少ない生存者の証言も不確かなため、きちんとした分類がなされていない。なので、『海棲の、細長くて巨大な魔物や怪物』は、その多くが『海棲魔物（シーサーペント）』と呼ばれるため、会ってみないとどんな相手か分からないのである。

あの時の、あまり大きくない海蛇モドキであればいいが、地球における東洋の龍だとか、ヨルムンガンドみたいなヤツだと、さすがに『赤き誓い』の手に余る。

昔は文明が進んだ世界だったのだから、あまりにも常軌を逸した、神話の世界のような怪物はいないだろうとは思うマイルであるが……。

（……でも、古竜がいるしなぁ……。

それに、海棲の魔物も昔の異次元世界からの侵略の時に来たのだろうから、その時にデカいのも来ていて、その生き残りや子孫がいても、不思議じゃないか……。

そう、海棲の長命な魔物とか、変化の少ない海中でひっそりと繁殖を続けた巨大生物とか……）

そんなことを考えていても、マイルはちゃんと自分の仕事はこなしていた。

「敵、急速浮上！　船底は避けて、両舷から飛び掛かると思われる！

迎撃用意！　5、4、3、2、1、今!!」

ばしゃあ、という水音と共に、左右両舷から空に伸び上がる、数本の細長い身体。

そしてその尖端部がくいっと曲がり、船上の人間達（エモノ）へと襲い掛かる。

ずばしゃあ！

すぱ〜ん！

どがっ！


剣とウォーター・カッターで1匹ずつ。

そして爆裂炎弾でもう1匹。

周りが海原であるため、延焼の危険がないと見て得意の火魔法を使ったレーナ。

おそらく、船を燃やすようなヘマは絶対にしないという自信があるのであろう。

見たところ、海棲魔物（シーサーペント）は前回のものとは違うようであり、少し太くて、頭部が凶悪っぽい。

目付きと尖った歯列がそう思わせるのであろうか……。


ずばしゃあ！

すぱ〜ん！

どがっ！


ずばしゃあ！

すぱ〜ん！

どがっ！

ずばしゃあ！

すぱ～ん！

どがっ！


何度も繰り返される、三人一組（スリーマンセル）の攻撃。

それに、たまにマイルの剣の音が加わる。

……老人達の方に海棲魔物（シーサーペント）が向かった時のものであろう。

マイルにはバリアで船底を護るという役目もあるため、見た目はのんびりしているように見えるが、頭の中では常に探索魔法を使用しており結構忙しい。

……次々と甲板上に積み上がり、そして周囲の海面に浮かぶ、海棲魔物（シーサーペント）。

邪魔になるものや沈んでしまいそうなものは、マイルが全て収納（アイテムボックス）に回収している。

甲板上では、まだ回収前の死にきっていない何匹もの海棲魔物（シーサーペント）がビクンビクンと蠢（うごめ）き、のたうっていた。

そして気が付くと、老人達が銛（もり）やヤスを手にして、それらを相手に戦いに参入していた。

「危ないです！　下がって……」

「兄（あん）ちゃんの仇！　えいっ！　えいっ!!」

「おっ父（とう）の仇、喰らええぇ～～っっ！」

「息子を返せえぇ～～！」

「これはヨハンが残した銛だ！　アイツの無念、俺が代わりに晴らすウゥ!!」

「「「……」」」

（お年寄りの皆さんが、こんな危険な漁にやけに乗り気だったのは、これか……。

　そして、大勢があんなに乗り気だったのに、割と簡単にこのメンバーに決まったのも……）

　何十年も漁師をやっていれば、魔物が内海に入り込むこともあるだろうし、つい欲が出て少し沖合まで出てしまうこともあるだろう。

　そして、大切な家族や友を失うことも……。

　この海棲魔物（シーサーペント）がその時の個体というわけではなくとも、海棲魔物（シーサーペント）は、全て海棲魔物（シーサーペント）である。

　いつか復讐できる日が来ると信じて……。

　別に、死にたかったわけではなく。

　ただ、海棲魔物（シーサーペント）何匹かと刺し違えることができるなら、残り僅かな自分の命を惜しむつもりがなかっただけなのであろう。

「お爺さん達、ずっと待っていたんだねぇ……。最後に、自分の命と引き換えに海棲魔物（シーサーペント）に一矢報いることができる日が来るのを……」

「「「…………」」」

メーヴィスの独白に、言葉を返す者はいない。

ただ、攻撃魔法の詠唱と剣による切断音だけが続いた。

そして、老人達の危険な行為をやめさせようとする者は、ひとりもいなかった。

＊　　＊

「終わりました……」

マイルの言葉に、ようやく動きを止めた船上の者達。

甲板も皆の衣服も、海棲魔物（シーサーペント）の血と粘液で真っ赤に染まり、そしてぬるぬるのべとべとであった。

「清浄魔法（クリーン）！」

マイルが、全員を魔法で綺麗にした後、獲物を全て収納。そして甲板上も魔法で洗浄した。

その後、怪我をした老人達を魔法で治癒。

清掃よりそちらが先ではないかという気がしないでもないが、衛生面を重視したという可能性もあるため、特にレーナ達に突っ込まれることはなかった。

そして老人達は、清浄魔法を掛けられても微動だにすることなく立ち尽くしていた。

ただ俯き、滂沱の涙を流し、嗚咽（おえつ）を漏らしながら……。

「……もう少し、やります？　海棲魔物狩り……。

そしてその後、延縄と釣りで、村へのお土産用に虹色トゥンヌスを大量ゲット、とか……」

マイルの言葉に、最初は誰も反応しなかった。

……しかし、徐々に老人達が顔を上げ、その顔が歪んだ。

悲しみの表情ではなく、笑顔となって……。

「おおっ！」

「「「「**やらいでかっ!!**」」」」

＊　＊

小さな漁村の、『港』と呼ぶのも恥ずかしいほどのささやかな船着き場へと向かう、小さな漁船。

魔法による風を受けて膨らむその三角帆のマストの上に掲げられた、ふたつの旗旒。

ひとつは、大漁を示すもの。……派手ではないが、まぁ、俗に言うところの『大漁旗』である。

そしてもうひとつは、怨敵を倒したことを示す、凱旋旗であった。

この村の船に最後にその旗が掲げられてから、既に20年近い年月が経っている。

そしてまだかなり距離があるうちに、外海殴り込み船の帰還が村人によって視認された。

そのマストの上に翻(ひるがえ)る、ふたつの旗旒と共に……。

その知らせを受けた村中の人々が港に集まり、船の入港を待った。

そして漁船では、サービスのため、マイルが海棲魔物(シーサーペント)と虹色(レインボー)トゥンヌス、白銀サーモン、マーリンその他を甲板上に積み上げていた。……船が沈まない、ギリギリまで……。

そして……。

**「「「「「ばんざ～い！　ばんざ～い！　外海殴り込み船、ばんざ～い!!」」」」」**

村人達が歓声を上げる中、既に女子衆(おなごしゅう)は船の入港を待たずに家へと取って返し、村を挙げての大宴会のための準備に掛かっていた。

海辺の住人は、目が良い。甲板上に積まれた獲物の山と大漁旗から、獲物には宿敵だけではなく特上の食用魚も大量に含まれていると知ったからである。

船着き場では、村長が遅ればせながら村を挙げての大宴会の開催を叫び、村の備蓄庫から酒を出すことを宣言した。

僅か４人の漁師を引退した老人と、４人の余所者の小娘。

危険に満ちた、あまりにも無謀な外海への出漁。

……しかも、目的の獲物は普通の魚ではなく、海棲魔物(シーサーペント)。

自殺志願の余所者の小娘達と、……それとあまり変わらない、死に場所を求める年寄り達。

誰にも止めることができず、今生(こんじょう)の別れと見送ったというのに、まさかの生還、まさかの大漁旗、

……そして、まさかの凱旋旗。

村長もまた、他の村人達と共に、滂沱の涙を流していた……。

＊　＊

翌朝、夜通し続いた大宴会に付き合わされてぐったりとした『赤き誓い』は、拠点としている港町へ向かおうとしていた。

村人達からはしばらく滞在するよう強く勧められたが、何となく今夜も宴会になりそうな気がしたため、さっさと退散することにしたのである。

……何しろ、足が速い（傷みやすい）魚が大量にあるのだから、誰も漁に出たりはせず、皆で消費に努めるのが当然であろう……。

そして、戦友となった4人の老人達に尋ねる、マイル。

「いいんですか、記念に海棲魔物（シーサーペント）を残しておかなくて……」

「ああ。あんなデカ物（ブツ）、丸ごと干物にすることも出来んからなぁ。記念に取っておきたくても、腐っちまうだけじゃし……」

少し残念そうに、そう答える老人であるが……。

「え？　出来ますよ、魔法で簡単に……」

「「「「出来るんかいっ！」」」」


　そして、４人にそれぞれ１匹ずつ、魔法で水分を抜いて海棲魔物（シーサーペント）のカラカラの干物……というか、ミイラというか……を作ってやった、マイル。

　干す前のポーズは色々と注文を受けて、それぞれあまり場所を取らず、かつカッコいい形に仕上げる辺り、マイルも芸が細かい。

　そして『赤き誓い』は村から出発した。

　……老人達と共に。


「いやー、すまんのぅ。儂らの取り分、町へ売りに行くにも運ぶのが大変じゃし、傷むからのぅ。これだけの量じゃと、各商店への個別売りではなく、多少安くはなっても商業ギルドに纏めて卸した方が楽じゃから、嬢ちゃん達に商業ギルドで直接引き渡してもらえると助かるからのぅ」

「あはは、そりゃそうですよね～。私達もどうせ町へ戻るのですから、手間が増えるわけじゃありませんから、気にしないでくださいよ！」


　そう、船と命を失うことになるかもしれなかった今回の危険な依頼において、漁師達に対する報酬は、前金の金貨だけでなく、成功報酬として、獲った獲物の半分、というものがあったのである。

　それを換金するために町へ運ぶなら、収納（アイテムボックス）に入れたままついでに運んであげることに、何の問題もなかった。

そして、町で自慢話をしたくて堪(たま)らない４人の老人達は、全員が『赤き誓い』に同行することとなった。

……まあ、大金を持っての帰り道は危ないから、人数は多い方がいいだろう。

老人とはいえ筋肉モリモリ、そして銛やヤスを手にした凶悪な面構えの男達を襲う勇気がある者は、そうはいないと思われる。

ツンツン

みんなニコニコ。何の問題も……。

ツンツン

「何ですか、レーナさん！　さっきからツンツン背中を突(つつ)いて……」

そう言いながら振り向いたマイルの目に映ったのは、何だか複雑そうな顔をしたレーナであった。

「あれ、どうかしました？」

そう尋ねるマイルに、ボソリと呟くレーナ。

「……私達、何のために海棲魔物(シーサーペント)を狩りに行ったんだっけ……」

「え？　いや、それは、ええと……、そうそう、アルリさんに手切れ金代わりにちょいと儲けさせてあげようと、ほぼ出回ることのない海棲魔物（シーサーペント）……を……1匹……」

「「「……」」」

「そして今から、お爺さん達の取り分である膨大な量の魚が商業ギルド経由で売りに出されるわよね。同じく、膨大な量の海棲魔物（シーサーペント）と一緒に……」

「「「…………」」」

「「「………………」」」

「「「台無しだあぁ〜〜!!」」」

戦術的な勝利（目先の）は収めたものの、戦略的には大敗を喫した、『赤き誓い』であった……。

# 書き下ろし　程良い塩梅（あんばい）

「マイル、アンタにちょっと聞いておきたいことがあるんだけど……」

「あ、ハイ、何でしょうか？」

ここ、新大陸に来てから、数日。

王都を目指す前の、情報収集兼チュートリアル。

そして地方で少し名を売ってから、と考え、仮の拠点とした港町。

たまたまこの大陸に着いた上陸地点ということもあるが、港町であれば各地の情報や様々な食材が集まること、特に海産物には期待できそうであることから、マイルの料理の腕と知識には一目置いている皆、そして何よりもマイル自身が乗り気となり、この港町に滞在しているわけであるが……。

何やらレーナが、マイルに確認しておきたいことがあるようであった。

「……アンタ、ここではどれくらいやるつもりなのよ？」

「……え？」

レーナが言っていることの意味が分からず、ぽかんとするマイル。

そして……。

「レ、レーナ、何てことを！　破廉恥ですよっ！」

「そ、そうだよ、レーナ！　マイルは私達の中で一番年下で、まだ未成年で、一応は真面目で、

……そして仮にも婚約前の貴族の少女なんだよ！　そんな、ふしだらな女性みたいに……」

「……え？　何を言って……、って、あ！　ちっ、違うわよ！　そういう意味じゃないわよっ!!」

どうやら、ポーリンとメーヴィスは、レーナの言葉を盛大に勘違いしていたようである。

＊　　＊

「何だ、そうだったのですか……。それならそうと……」

「自分達が勝手に勘違いしておいて、その態度はないんじゃないの？」

「「ごめんなさい……」」

レーナに突っ込まれ、素直に謝罪する、ポーリンとメーヴィス。

「……で、レーナがマイルちゃんに聞きたかったことって……」

「ええ、マイルがこの大陸で、どれくらいやらかすつもりなのか、ってことを確認しておきたかったのよ。

マイルの、馬鹿魔力と収納魔法の馬鹿容量。古竜との友誼(ゆうぎ)。魔法の国から来た精霊にお願いしてのトンデモ魔法。その他諸々で、前の大陸の時と同じようなことをやっていたら、すぐに以前の二の舞になって、商人やら貴族やら王族やらに纏い付かれて、また次の大陸へと逃げ出す羽目になっちゃうでしょ?」

「うっ……」

「「確かに……」」

レーナの指摘に、反論できず口籠もるマイルと、納得の様子のメーヴィスとポーリン。

「なので、どこまでは許容して、どこから先は自重するか、ってラインをすり合わせておいた方がいいんじゃないかと思ったワケよ」

「「確かに……」」

その提案に、納得するしかない3人。

「……いささか、遅きに失(しっ)した、という気がしないでもないけどね」

「「たはは……」」

メーヴィスとポーリンだけでなく、マイル自身にも心当たりがあるようであった。

「そういうわけで、久し振りのパーティ会議よ!」

＊　　＊

「まず、マイルの収納魔法は公表。これがないと不便すぎるし、獲物を持ち帰れないから稼ぎにならない。……それに、そもそもとっくに公表してるしね」

　こくこく
「魔法の国の妖精や、マイルが御使い様であることは、極秘。絶対に秘密にする」

　こくこく
「旧大陸での件は、同じく極秘。……古竜には話しちゃったけど、古竜があんな話をわざわざ人間に教えるはずがないから、心配ないわね。

あ、勿論、古竜にコネがあることも秘密よ。古竜との関係は、今回の仕事でたまたま出会っただけの、一過性のもの！　いいわね！」

　こくこく
「ま、ここまでは改めて相談するまでもない、既定路線ね。問題は、ここからよ。

まず、私達は『Bランク昇格を目指す、Cランク上位の実力がある新進気鋭の若手パーティ』ということにするわ。

……というか、事実、その通りの立場なんだけどね。

それなら、どんな依頼も受けられるし、依頼人や他のハンター達に舐められることもない。

そして、前の大陸でのランクや爵位、討伐実績等については、一切喋らない。いいわね？」

こくこくこく……

「そして、お金に関することなんだけど……。

私達、そんなにお金には困っていないわよね。

そりゃ、マイル以外は昔の稼ぎの大半を領地の邸に置いてきちゃったけど、ゼロから始めてもかなり稼げるからね、私達……。

まぁ、その大半はマイルの収納魔法のおかげなんだけど……」

そう。ただ強ければ簡単に稼げるというものではない。

確かに強ければ高額報酬の依頼を受けられるが、それはつまり、危険で困難な依頼だということであり、重傷を負ったり命を失ったりする確率が高いということである。『赤き誓い』がやっているような、オークを丸ごと持ち帰って、とかいう、比較的安全で稼げる仕事があるわけではない。

「だから、あんまりお金にガツガツするのはやめて……」

「反対です!!」

レーナの言葉を遮った、ポーリン。

「いや、ポーリン、アンタもう商会作って稼いでるじゃないの……。不在にしていても、店を任せている大番頭と領地経営を任せている代官が遣り手だから、領地の資産もアンタの個人資産もどんどん増えてるって言ってたじゃないの。

今更、商会の儲けと較べれば大したことのないハンターとしての稼ぎに、そんなにムキにならなくても……」

「いいえ！　そんなことを言っていたら、仕事とお金に関することで、普通のハンターらしくない言動が出てしまいますよ！　その不自然さは他の人達の疑念を招きますし、私達が金銭感覚に疎い馬鹿、利用して搾取できるカモだという認識を与え、それは人間関係にも私達の安全にも悪影響を及ぼします！」

「……一理あるね……」

「なる程……。納得できる理由です……」

ポーリンの主張に、理解を示すメーヴィスとマイル。

「それに、真剣にやらない、手を抜いたゲームなんて、面白くも何ともないでしょう！」

そして更に続けられる、ポーリンの怒濤（どとう）の弁舌。

「う～ん、確かに……。じゃあ、お金に関しては、普通のCランクハンターの感覚で行きましょうか。初心に返って、ハンター養成学校を卒業した半年後、くらいの金銭感覚で……。

但し、私達がマイルの収納魔法で稼いでいることはみんな知っているから、あまりみっともない真似や守銭奴っぽい真似はせず、宿もそこそこのところにして、若手女性パーティとしての品位は保つ、ということで……」

「「「異議なし！」」」

ポーリンも、今はハンター養成学校を卒業した時のような、あのブラック守銭奴のような状態ではない。仮にも、半年間の『伯爵様』生活と貴族教育を受けてきたので……。

なので、安全と快適さのために多少のコストを掛けるということは容認しているらしく、路地裏の激安宿屋とかに泊まることを主張することは、なくなっている。

いや、『赤き誓い』であればノミやダニは魔法でどうとでもなるし、人間の方のダニ……不埒な者達も一蹴できるが、宿でまで殺伐とした時間を過ごしたくはないであろう……。


「……そして、マイルちゃんは空飛ぶの禁止ですよね……」

「え～……」

ポーリンの提案に、不服そうなマイル。

そして……。

「他の者を飛ばすのも、禁止!!」

何か過去のトラウマが甦ったのか、レーナが条件を追加した。

「えええええ……」

益々不服そうな顔になって、頬を膨らませるマイル。

「まぁまぁ……。『人が見ている時には』、ってことでいいんじゃないかな?」

メーヴィスが仲介に入り、何とかそれで落ち着いた。

……しかし、マイルは『じゃあ、不可視フィールドを使えば、いつでも大丈夫ですね』とか考えていたに違いなかった。

「それと、4人中ふたりが収納魔法を使えるというのは激ヤバだから、メーヴィスは人前で収納を使うの、禁止ね」

「えええええええええ!!」

「いや、当然ですよね、それ」

「はい、確率論的にあり得ませんし、絶対に『ひとつのパーティに収納使いがふたりもいるなんて、宝の持ち腐れ!』だとか、『無駄の極地!』だとか言われて、どちらかを引き抜こうとされますよね。下手をすれば、ギルドや領主様が介入してくるかも……」

驚愕の叫びを上げるメーヴィスに、ポーリンとマイルから追い打ちが。

「……まぁ、そんなことを言ってきたら、他の町、他の領地、そして他の国へ移動するけどね。他人の都合や思惑で、私達『赤き誓い』がメンバーを差し出したりするもんですか。私達は、私達の都合や思惑で行動するのよ。赤の他人のことなんか、知ったこっちゃないわよ!」

「「「ですよね~!!」」」

脅しや強要は、相手に弱みがあって、初めて成り立つのである。家族とか、親族とか、大切な友人とか、自分達の身の安全とか……。

しかし『赤き誓い』には、この町や国どころか、この大陸全土において、家族も親族も、そして友人もいなかった。

　そして自分達の身の安全を気にする者など、ひとりもいなかった。

　……『無敵の人』である。立場的にも、実力的にも……。

「ま、バレなきゃいいんだから、周りに人がいない時、つまり宿の私達の部屋だとか、仕事先の森の中、前後に人がいない移動中の街道とかでは、別に使っても構わないわよ。

……でも、誰かに見られたらその人の口を塞がなきゃならなくなるから、気を付けるのよ？」

「くっ、口を塞ぐ？」

「そう、口を塞ぐ……」

　メーヴィスとレーナが、真剣な目で見詰め合っていると……。

「それって、キスとかでですか？」

「「そんなワケがあるかあぁ～～っっ!!」」

　マイルのボケに、突っ込みがハモるレーナとメーヴィス。

「いえ、相手が女性だった場合、メーヴィスならそれでイケるんじゃあ……」

「うるさいよっ！」

　ポーリンの突っ込みに、吠えるメーヴィス。

　さすがに、メーヴィスでも怒ることがあったらしい。

　そしてレーナが言うところの『口を塞ぐ』というのは、勿論相手を殺すとかいう物騒なものではなく、ただ単に『喋らないようお願いし、説得する』というものである。

……巨大なファイアーボールとか爆裂魔法とかを頭上に浮かべ、ホールドした状態で……。

「ま、そういうわけで、ボチボチ行くわよ、ボチボチ、ね……」

「「「おおっ!!」」」

レーナの言葉に、右腕を突き上げて声を揃える3人。

……そして自分以外の全員が『いつまで保つかなぁ。この大陸での、平穏な暮らし……』と考えていることも知らず、楽しそうに笑っている、マイルであった……。

# あとがき

皆様、お久し振りです、ＦＵＮＡです。

のうきんも、これで18巻。20巻の大台が見えてきました……。

そして３月10日には、のうきんリブートコミックス３巻が発売です！

小説もコミックスも、よろしくお願いいたします！


無事Cランクになり、いよいよ新大陸で通常依頼を受け始めた『赤き誓い』。

最初に受けた『塩漬けの依頼』で、もふもふと知り合い、この大陸の古竜と知り合い、……そして変な少女と知り合う。

さっさと切れよ、そんなヤツ……。

でも、まぁ、そこで『何だか面白そうだから』と言って関わっちゃうのが、『赤き誓い』だよなぁ……。

古竜ザルム　『シルバが、早く戻ってこいと……。何なら正妃にしてやってもよい、と言っておるが……』
マイル　「うるさいですよっ！」
漁村のじじい「第二次外海殴り込み船を……」
マイル　「定例行事にするつもりですかっ！」
メーヴィス　「いや、そりゃそうしたいだろう。家族や仲間の仇が討てて、その上、大漁が確実なんだから……」

王都を目指して出発するのは、いつになるのか。

そして、『ワンダースリー』との再会は、いつの日か……。

そして、他社の話で恐縮なのですが、この本を書店で手にされた場合、ちょっと周囲を見回してみてください。

……ありませんか？

拙作、『老後に備えて異世界で8万枚の金貨を貯めます』8巻と、『ポーション頼みで生き延びます！』9巻が。（共に、講談社Kラノベブックス刊）

そして、その帯に……。

そう、2019年秋にアニメ化されました、本作『私、能力は平均値でって言ったよね！』に続き、拙作の残りの2作品が、共にアニメ化！

3作品を書いて、その全てが、書籍化、コミカライズ、……そしてアニメ化。

3打数3ホームランの、驚異の打率!!

これも皆、読者の皆様のおかげです。ありがとうございます！


連載開始が一番遅かった本作が一番早く書籍化、コミカライズ、アニメ化となったわけですが、他の2作品もそれに追いつき、並ぶことができたのは、とても嬉しいです。

自分の作品が、1作品も欠けることなく、肩を並べてゴールイン。

作家にとって、これ以上の幸せがあるのだろうか……。

ポーリン「まだ、ゲーム化、というのがありますよね」
レーナ「劇場版は？」
メーヴィス「『ろうきん』は、新宿バルト9で先行上映をやったんじゃなかったのかい？」
レーナ「あ、確かに……。
いえ、あれは確かに劇場上映ではあるけれど、『劇場版』じゃないわよ！」
マイル「そして、ハリウッドの実写映画化ですよねっ！」

レ・メ・ポ　「「それはやめとこう!!」」

小説、コミックス、そしてアニメと、『12～13歳に見えるちっぱい少女3部作』、引き続き、よろしくお願いいいたします！

最後に、イラストレーターの亜方逸樹様、装丁デザインの山上陽一様、担当編集様、校正校閲・組版・印刷・製本・流通・書店等の皆様、そして、本作品を手に取ってくださいました読者の皆様に、心から感謝いたします。

では、また、次巻でお会いできることを信じて……。

FUNA

あとがき的な
なにか
亜方
逸樹

新.旧大陸の
ギルド受付嬢.
大陸ちがいなので
デザイン言語を
大きく変えてみよう
と思ったけど…
思い直した….
やっぱり.分かり
やすい方が
良いです…
よね?

少女たちの大冒険!!
日本の女子高生・海里が、異世界の子爵家長女(10歳)に転生!?
出来が良過ぎたために不自由だった海里は、
今度こそ平凡な人生を望むのだが……神様の手抜き(?)で、
魔力も力も人の6800倍という超人になってしまう!
ごく普通の人生を目指して、マイルの大活躍が始まる!

月刊ビッグガンガン
BG
Monthly BIG
毎月25日発売
BG COMICS ビッグガンガン 毎月25日発売
シノハユ
原作：小林立
作画：五十嵐あぐり
ゴブリンスレイヤー
原作：蝸牛くも（GA文庫／SBクリエイティブ刊）
作画：黒瀬浩介
キャラクター原案：神奈月昇
薬屋のひとりごと
原作：日向夏（ヒーロー文庫／主婦の友インフォス）
作画：ねこクラゲ 構成：七緒一綺
キャラクター原案：しのとうこ
怜-Toki-
原案：小林立
漫画：めきめき
ハイスコアガールDASH
押切蓮介
咲-Saki-阿知賀編 episode of side-A
原作：小林立
作画：五十嵐あぐり
スーパーの裏でヤニ吸うふたり
地主
BADON
オノ・ナツメ

SQEXノベル

# 私、能力は平均値でって言ったよね！ ⑱

著者
FUNA
イラストレーター
亜方逸樹



2023年3月7日　初版発行

発行人
松浦克義
発行所
株式会社スクウェア・エニックス
〒160−8430
東京都新宿区新宿６−27−30　新宿イーストサイドスクエア
（お問い合わせ）スクウェア・エニックス　サポートセンター
https://sqex.to/PUB

印刷所
図書印刷株式会社
担当編集
稲垣高広
装幀
山上陽一（ARTEN）



ISBN978-4-7575-8457-0 C0093　　Printed in Japan